El Chico Que Lo Sabía

AMIGOS EN LAS ALTURAS: CARLO ACUTIS

CORINNA TURNER

Traducido por Juliana Benavides

Traducción revisada por Manuel Alfonseca

unSeen

ELOGIOS PARA LOS LIBROS DE CORINNA TURNER

LIBERATION: nominado para el *Carnegie Medal Award 2016*
ELFLING: 1er premio, Teen Fiction, *CPA Book Awards 2019*
I AM MARGARET & *BANE'S EYES:* finalista, *CALA Award 2016/2018*
LIBERATION & *THE SIEGE OF REGINALD HILL:* 3er lugar, *CPA Book Awards 2016/2019*

ELOGIOS PARA *I AM MARGARET*

Gran estilo, muy buenos personajes y buen ritmo.
Un libro que vale la pena leer, como Los Juegos del Hambre.

EOIN COLFER, autor de los libros de *Artemis Fowl*

ELOGIOS PARA *THE BOY WHO KNEW*

¡Poderoso e inspirador. Hermoso tributo al Beato Carlo y claramente una de las mejores historias que he leído en todo el año!

SUSAN PEEK, autora de la serie God's Forgotten Friends

Turner consigue despertar compasión por un niño que sufre como el Beato Carlo Acutis. Después de hacer amistad con el santo, le pasé el libro a mi hija. A esta serie habrá que dedicarle espacio en las estanterías. Para siempre.

THEONI BELL, autora de *The Woman in the Trees*

The Boy Who Knew es la historia conmovedora de un adolescente que se enfrenta a una enfermedad que amenaza con quitarle la vida, pero gracias a ella y a la intercesión de un "santo nuevo" que padeció la misma enfermedad, "encuentra su alma". Turner escribe con franqueza sobre lo que significa recibir un diagnóstico tan sombrío, pero muestra de una manera bellamente honesta cómo se puede encontrar esperanza e incluso una paz inesperada. Es una hermosa historia sobre cómo aprender a confiar en Dios y sobre la importancia de hacer amistad con los santos.

KARINA FABIAN, autora de *Discovery*

ELOGIOS PARA *THREE LAST THINGS*

¡Hermoso! ¡Corinna Turner es una magnífica escritora!

REGINA DOMAN, autora de *The Angel in the Waters* y la premiada serie de novelas de Cuentos de Hadas.

TAMBIÉN POR CORINNA TURNER
(en Inglés)

I AM MARGARET series
For older teens and up

Brothers *(A Prequel Novella)**
1: I Am Margaret*
2: The Three Most Wanted*
3: Liberation*
4: Bane's Eyes*
5: Margo's Diary*
6: The Siege of Reginald Hill*
7: A Saint in the Family†
'The Underappreciated Virtues of
Rusty Old Bicycles' *(Prequel short
story) Also found in the anthology:*
Secrets: Visible & Invisible*

I Am Margaret: The Play *(Adapted by
Fiorella de Maria)*

UNSPARKED series
For tweens and up

Main Series:
1: DRIVE!*
2: A Truly Raptor-ous Welcome*
3: PANIC!*
4: Farmgirls Die in Cages*
Book 5†

Prequels:
1: BREACH!* *[Crisis pregnancy theme]*
2: A Mom With Blue Feathers†
3: A Very Jurassic Christmas

Gifts: Visible & Invisible *(unSPARKed
story in anthology)**

FRIENDS IN HIGH PLACES series
For tweens and up

The Boy Who Knew (Carlo Acutis)

El Chico Que Lo Sabia (Carlo Acutis)
[Español]

YESTERDAY & TOMORROW series
For adults and mature teens only

Someday: A Novella*
1: Tomorrow's Dead†

STANDALONE WORKS

For teens and up
Elfling*
'The Most Expensive Alley Cat in
London' (Elfling *prequel short story*)

For tweens and up
Mandy Lamb & The Full Moon*
The Wolf, The Lamb, and The Air
Balloon (Mandy Lamb *novella*)

For adults and new adults
Three Last Things *or* The Hounding
of Carl Jarrold, Soulless Assassin*
The Raven & The Yew†

CONTENIDO

SÁBADO:

DÍA DEL DIAGNÓSTICO

3 de octubre de 2020

"Tienes leucemia".

Veo los ojos del doctor sobre su mascarilla, mirando, ora a mí, ora a mis padres. Vuelvo a escuchar sus palabras en mi cabeza. Mamá rompió a llorar. Papá empezó a dar puñetazos sobre el escritorio del doctor. Yo me quedé sentado donde estaba.

Leucemia. ¿Cómo puedo tener leucemia? Tengo quince años. Esas cosas tan malas no le pasan a la gente de mi edad, ¿verdad?

Pero el cansancio... Los moretones...

"Tienes leucemia".

Cuando volvemos del hospital, mamá empezó a prepararse para la misa de víspera de domingo, como siempre. Papá no suele venir, pero esta noche... esta noche empezó a gritarle a mamá, *¿cómo podía ella pensar que Dios existe, si permite que me pase esto? ¿Cómo puede pensar que Dios es bueno?* Y mamá le gritó que *Dios era mi única esperanza, ¿no lo ves? ¿Quieres que se muera?*

Todavía estaban gritando cuando me escapé de casa y me fui andando a la iglesia. Creo que era la primera vez que iba solo a la iglesia. Me sentía muy cohibido. Cualquier otra semana habría aprovechado la oportunidad para faltar a misa. Hoy estoy enfadado con Dios, eso creo. Pero también estoy muy, muy asustado. Y quería escapar de sus gritos.

Mamá no vino a misa. Me mandó un SMS durante la primera lectura: *Daniel, ¿dónde estás?* Respondí: *En la iglesia.* Una anciana me miró por encima de su mascarilla desechable y poco ecológica.

Luego me dormí durante la homilía. ¡Estoy siempre tan cansado! Otra vez me miraron fijamente.

Ahora todo el mundo se ha ido y yo sigo sentado aquí. Tengo miedo de ir a casa, por si todavía están discutiendo. O por si quieren hablar de ello. Estoy entumecido. Aunque estoy solo, no me he quitado la mascarilla.

"Tienes leucemia".

"¿Quieres que Daniel se muera?"

¿Me voy a morir? Me vienen a la mente las palabras de una de las lecturas, que escuché antes de quedarme dormido: *No te preocupes; pero si necesitas algo, reza por ello.*

—Dios, por favor no me dejes morir —susurro.

Dios no responde. Tal vez papá tenga razón. Por fin me quito la mascarilla y me la meto en el bolsillo con las manos temblorosas.

—Dios, tengo miedo.

Nada. Bueno, excepto que se me pasa el entumecimiento y de pronto siento miedo de verdad, un miedo que convierte mi vientre en un agujero negro, frío como un... un... ¿un depósito de cadáveres?

Entierro la cara entre las manos mientras se me escapan sollozos. *¿Voy a morir, Señor?*

Escucho unos pasos lejanos hacia la entrada de la iglesia.

Se detienen, luego avanzan rápidamente por el pasillo. Hacia mí. Oh, no.

Me limpio la cara, tratando desesperadamente de frenar mis sollozos jadeantes. Los mocos me ensucian la manga. Puaj.

—Hola, Daniel.

Miro de mala gana hacia arriba, mientras mis hombros siguen temblando. Es el Padre Thomas. Es joven y está muy elegante con su largo vestido negro, quiero decir, su *sotana,* sin demostrar vergüenza por ello. Desearía ser tan despreocupado como él.

—Hola, Padre —me tiembla la voz. *Tranquilízate,*

Daniel. Finge que estás bien, levántate y vete.

—¿Estás bien?

—No — Niego con la cabeza. ¿Qué pasó con lo de que iba a irme? Y luego estallo—: Tengo leucemia.

Sus labios se abren como si acabara de recibir un puñetazo en el estómago.

—Oh, Daniel... —se instala en el siguiente banco, sentándose de lado para mirarme, con los ojos entrecerrados por la preocupación—. Caramba, pensé que ibas a decir que te estaba acosando algún matón, o algo así. A tu edad, eso es difícil de aceptar. ¿Cuándo empiezas el tratamiento? ¿Te dijeron... cuál es el pronóstico?

—¿Pronóstico? —Hablo como un idiota. —Oh, quiere decir, si voy a vivir o a morir. Oh... bueno, hoy me acaban de dar el resultado preliminar de las pruebas. Cuando me hagan más pruebas el lunes por la mañana, los especialistas harán un plan, y los veré el lunes siguiente y... bueno, ahí es cuando me dirán... ya sabe. Creen que el tratamiento empezará en seguida.

—Eso está bien. También es el momento apropiado para una novena.

—¿Qué?

Saca su monedero y revisa varias estampas antes de sacar una.

—Este es el santo adecuado para ti. Bueno, todavía no es santo, sino beato, si nos ponemos técnicos. De hecho, hasta el próximo sábado ni siquiera será beato, así que no debería darte esta estampa, pero en estas circunstancias... Toma. Este es el casi beato Carlo Acutis. Tuvo leucemia a los quince años. Es el mejor compañero de oración que podrías tener ahora mismo. Creo que en su página web hay una novena.

Se fija en mi mirada vaga.

—Se hace una novena cuando formas equipo durante nueve días con un santo para rezar por algo.

—Oh sí, lo recuerdo —acepto la estampa y me la meto en el bolsillo, aunque no estoy seguro de que la quiera. Ahora que se me ha ido la insensibilidad, estoy empezando a sentirme furioso con Dios. ¿No se supone que Él me ama? Un alambre de rabia al rojo vivo me aprieta dolorosamente las entrañas, y frunzo el ceño hacia el tabernáculo. Papá tiene razón, ¿cómo pudo Dios dejar que me pasara esto? ¿Qué le he hecho?

—¿Alguna vez has hecho una vasija de cerámica? —pregunta de pronto el Padre Thomas—. ¿O un cuadro?

¿Qué?

—Hago arte 3D en mi ordenador. A montones.

—¿3D?

—En tres dimensiones.

—Ah, sí, sabía que eras un artista de algún tipo. Digamos que creas una vasija 3D. ¿Alguien te obligó a hacerla?

Le miro sin comprender.

—No. Lo hago porque quiero.

—¿Podrías aplastarla virtualmente?

—¿Con mi programa? Claro. Más o menos —me atraviesa una oleada de felicidad al pensar en mi programa de diseño 3D de última generación, con un extenso inventario de herramientas de gran calidad... luego se desvanece. ¿De qué me servirá todo eso, si no puedo vencer esto otro?

—¿Podrías tomar las piezas de tu ex-vasija y convertirlas en un mosaico mucho, mucho más hermoso?

—Si quisiera, sí.

—¿Y eso estaría bien? ¿Romper tu vasija y convertirla en algo mejor?

—Por supuesto. Es mi vasija. Yo la hice, ¿no?

—Y entonces podrías conservar para siempre ese mosaico tan hermoso, ¿verdad?

¿Para siempre? Por lo que sé, puede que no me quede un año... Un poco tarde, me doy cuenta de a dónde quiere ir a parar.

—¡Oh, ya veo! ¡Pero yo no soy una vasija! ¡No es lo mismo!

—No, no es lo mismo —el Padre Thomas está de acuerdo—. Somos mucho, mucho más importantes para Dios que una vasija virtual 3D. O incluso que una real. Él ama cada uno de los cabellos de nuestras cabezas y sabe exactamente cuántos hay.

—¡Genial! —estallo, me levanto de un salto del banco de la iglesia y me alejo de su calma exasperante. Grito por encima del hombro—: ¡Procuraré acordarme de eso cuando empiece a caérseme el pelo!

Pero oigo sus palabras, justo antes de salir por la puerta.

—Espero que te acuerdes.

DOMINGO:

DÍA 1

4 de octubre de 2020

Cierro la puerta de mi habitación y me tumbo en la cama. Luego me relajo con más cuidado. Parece que estos días todas las cosas pequeñas me lastiman. Arnie se arrastra hasta mi regazo, ronroneando. Papá había bajado al bar cuando volví anoche, y los ojos de mamá estaban rojos. Mi hermana pequeña Clare se quedó mirándome fijamente, chupándose el dedo, lo que era muy raro, porque normalmente ella nunca se calla. ¿Qué le habrán dicho?

Dije que no tenía hambre y me fui directamente a la cama. No mentía, no creo que hubiera podido comer nada.

Ahora es domingo por la mañana, y después de tomar un tazón con cereal en la cocina, he vuelto a mi habitación para esconderme. Tarde o temprano, mamá y papá querrán "hablar de esas cosas", y me da miedo.

—Intenta no pensar mucho en ello —me dijo el doctor—. Cuando tengamos todas las pruebas y planeemos el tratamiento, tendremos una idea mucho mejor de cómo están las cosas.

Intenta no pensar en ello. ¡Me gustaría verle a él, intentando no pensar en ello!

Llevo a Arnie de vuelta a la cama, me levanto haciendo un esfuerzo y enciendo el ordenador; luego abro un navegador de Internet. Escribo "leucemia aguda tipo LLA". Aparece un artículo. Hago clic directamente en *¿Cuál es el pronóstico?*

Mis ojos detectan frases: *Los niños entre 1 y 10 años tienen el mejor pronóstico.* ¿Diez años? Yo tengo quince. Sigo leyendo.

Entre los que tienen 14 años o menos, más de 9 de cada 10 sobrevivirán a la leucemia durante 5 años o más, a partir del diagnóstico.

Me quedo mirándolo con el estómago revuelto. Tengo quince años, no catorce. Estaría encantado si me dijeran que tengo nueve de diez posibilidades de ganar algo. Pero una de diez posibilidades de *morir*. Parece... enorme. Y... ese nueve de diez, solo habla de vivir *cinco años*.

Pincho la X para cerrar la página web y me abrazo a mí mismo, temblando. Ya no puedo mirar más. Mi mano roza algo en el bolsillo de mis vaqueros y saco la estampa que me dio el Padre Thomas. Pensé que dijo que era la estampa de un santo. Pero lo que veo es una foto a color de un chico blanco, alegre, de mi edad, vestido con ropa moderna. ¿Esto es un santo? Bueno, un beato, dijo. Un santo de segunda categoría, ¿no?

Leo el texto breve: *Beato Carlo Acutis, ruega por nosotros.*

Contento por la distracción, abro un nuevo navegador, tecleo ese nombre tan raro y hago clic en el primer resultado.

Nacido en 1991 en Inglaterra, leo. ¿1991? ¿En serio? Eso es muy reciente. Creí que había que haber muerto hace cientos de años para ser santo, aunque sea de segunda clase.

Espera un momento. Si nació en 1991, ¿cómo puede ser santo? Sigo leyendo deprisa. *Le diagnosticaron leucemia en 2006...* Sí, eso es lo que dijo el Padre... y... *murió en el 2006.* ¿Qué? ¡No puede ser! Lanzo la estampa al otro lado de la habitación, estrellándola contra la pared opuesta. Cae al suelo exhalando un suspiro de papel. ¿El Padre Thomas cree que quiero leer algo que habla de un niño con leucemia que se murió? ¿Está loco?

Pero la página web está abierta ante mí, y no puedo evitar mirar qué dice más abajo.

Nació en Londres, como yo, porque sus padres

estaban allí por cuestión de negocios, pero a diferencia de mí, pronto volvieron a Italia, donde creció como hijo único. Buen estudiante, niño especial, bla-bla-bla, a todo el mundo le caía bien, bla-bla-bla. Los padres no eran católicos practicantes, pero el pequeño Carlo era tan santo que nunca pasaba junto a una iglesia sin querer entrar a "saludar a Jesús". Sí, muy bien, estupendo. Vamos, quiero ver qué dice de su enfermedad.

Leo: "Carlo decía a menudo, *'moriré joven'*". Qué raro. ¿Lo sabía? ¿Cómo? ¿Se lo dijo el Espíritu Santo? Espera, aquí están los detalles... Diagnosticado a principios de octubre... Leucemia aguda... Murió... espera, ¿solo una semana después?

Las olas de frío me invaden. Mi cabeza zumba de terror. Las náuseas me ahogan la garganta.

¡Oh sí, Padre Thomas, estoy muy reconfortado!

Extiendo la mano para cerrar la página web, pero mis ojos se fijan en una palabra del menú: *Novena*.

«*Es el momento apropiado para una novena*».

«*¡Dios es la única esperanza para Daniel!*»

¿Es eso cierto?

Hago clic en el botón y miro con poca atención una oración inicial. Pero no, si estoy haciendo esto, supongo que debo hacerlo como es debido. Aunque no estoy seguro de que quiera hacerlo. A papá no le gustaría, tal como se comportó anoche. No importa; nunca lo sabrá. Me obligo a leer la oración inicial correctamente y cuando termina diciendo *Pide la gracia que buscas* susurro, «Déjame vivir. ¡Por favor!»

Luego viene la Meditación del Primer Día, que empieza con algo que dijo el mismo Carlo: "Yo no, sino Dios". Por lo que acabo de leer, ese fue el enfoque de su vida, incluso cuando era muy pequeño.

Mi corazón se hunde. ¿Qué tiene esto que ver conmigo? Es tan santo. Yo no soy así de santo. Sigo leyendo. Habla de dejar a un lado las cosas sin importancia, de buscar las cosas celestiales y despreciar lo pasajero. Como... ¿la vida? Me dan escalofríos en el estómago. ¿Tiene algún sentido pedirle a este chico muerto que sea mi... cómo lo llamó el Padre Thomas, compañero de oración?

"Dios es la única esperanza para Daniel".

Este chico que ha muerto, que era tan santo que conocía su futuro. Eh. Recito los padrenuestros, avemarías, y los Gloria Patri, pronunciando con claridad.

Beato Carlo, no soy santo como tú. Pero si no estás muerto y podrido... si no te has ido... a donde piensa papá, me vendría muy bien tu ayuda. Por favor...

LUNES:

DÍA 2

5 de octubre de 2020

Inclino la cabeza y finjo estar ocupado con el teléfono, tratando de desconectar del ruido de la cafetería. Mamá quería que hoy me quedara en casa, pero la convencí para que me dejara en la escuela cuando terminamos en el hospital. En realidad no quiero hablar con mis amigos. No puedo soportar que nadie se entere de esto hasta... hasta que yo lo sepa. Así que le di una vaga excusa para poder llegar tarde.

Ya me siento agotado. Apuesto a que me quedaré dormido cuando llegue a casa. Tal vez debería hacer mi novena ahora. Todavía estoy un poco inseguro al respecto, pero la he empezado, así que quiero terminarla. Faltan ocho días para el día del pronóstico.

Encuentro en seguida la página web. Recito

mentalmente otra vez la oración inicial, añadiendo mi petición: *No me dejes morir. Por favor...* Y desplazo la pantalla hasta el *Día 2*. Oh, Dios mío. La cita de hoy del casi beato Carlo es tan santa como la primera. "Estar siempre unido a Jesús, ese es el plan de mi vida". Me hace sentir culpable. Es decir, creo que creo en Jesús. Siempre he ido a la iglesia con mamá sin quejarme... mucho. Papá me dijo que no tenía que recibir la confirmación si no quería, pero decidí que sí. ¿Pero hasta qué punto tomo mi fe en serio, de día en día? Voy a misa los domingos, pero desde que terminó el curso para la confirmación, eso ha sido todo.

Digo en silencio las otras oraciones, procurando concentrarme en este lugar tan ruidoso, luego hago clic en *biografía* y empiezo a leerla poniendo más atención que ayer. Pero muy pronto me siento desconcertado. ¡Carlo parece un chico tan corriente! Le gustaban los videojuegos y el fútbol, como a mí. Y bromear y reír. Y las cometas, los dibujos animados y las películas de acción. ¡Incluso le encantaban los personajes de Pokémon! ¿Un santo al que le gusta Pokémon? Supongo que Pokémon era genial por entonces, pero es raro.

Oye, ¡también le encantaban los animales! Tenía dos gatos, *cuatro* perros y un montón de peces de colores, qué suerte. Me encantaría tener un perro, pero mamá es muy alérgica. Tengo a Arnie, pero solo con la condición de que yo mismo limpie la bandeja sanitaria, aspire las alfombras una vez por semana, y que nunca, nunca lo deje entrar en la habitación de mamá y papá, o en el estudio de mamá. Porque ella es ligeramente alérgica a los gatos, también. A Arnie lo adoptamos para salvarlo, y ya se está haciendo viejo, por lo que pasa la mayor parte del tiempo durmiendo en mi cama, y menos tiempo soltando pelo por la casa.

Oh, Carlo también diseñó programas de ordenador y páginas web. Le llaman "friki de la informática". Quizá algún día llegue a ser el santo patrón de la Internet. Eso es un poco más técnico que lo que hago yo. Me gustan más las cosas artísticas. ¡Pero él hizo edición de video y cómics! Yo también he hecho algo de eso.

Es genial tener tanto en común con un casi beato. Pero a medida que sigo leyendo, empiezo a notar las diferencias. Le encantaban los juegos de ordenador pero... ¿cómo? ¡Solo se permitía jugar una hora a la semana! Porque pensaba que había muchas cosas mejores que podía hacer. Eh. Pienso en todas las horas que me paso jugando con mi programa de diseño 3D. Pero yo estoy creando arte, ¿no? Cosas hermosas. No es lo mismo, ¿verdad? Hmm.

Estalla una pelea en la cafetería. Marle el matón se mete otra vez con Richard el cojo. Viene el personal de la cafetería, dando gritos para que todos vuelvan inmediatamente a sus mesas respectivas, *sin mezclarse, con las mascarillas puestas, ¿cuántas veces tenemos que decirlo*...? Vuelvo a mi teléfono.

Vaya, ¿en serio? ¡Carlo iba a misa todos los días! Eso es... no sé. ¿Por qué lo haría? Incluso rechazó una vez unas vacaciones en Jerusalén, diciendo: "Si Jesús está siempre con nosotros, dondequiera que hay una Hostia consagrada, ¿para qué hacer una peregrinación para visitar los lugares donde vivió Jesús hace 2000 años?"

Aquí hay otra cita suya: "Si nos ponemos delante del sol, nos bronceamos... pero cuando nos ponemos delante de Jesús en la Eucaristía, nos convertimos en santos".

Frunzo el ceño mirando el texto que aparece en la pantalla. Carlo me está rompiendo el cerebro, en serio. ¡Es a la vez tan corriente y tan santo! La forma en que habla de que "nos" convertimos en santos. Es decir, no habla solo de sí mismo, ¿vale? Habla de... él y yo. *¿Yo?* ¡Qué locura!

Pero Carlo creía que "¡la Eucaristía es mi camino al Cielo!"

Miro tan fijamente el teléfono que Razim me dice:

—Oye, Daniel, ¿estás bien?

—¿Eh? —miro a mi alrededor y fuerzo una sonrisa, pero un segundo después apunto el pulgar hacia arriba recordando que llevo la mascarilla—. Sí, estoy bien —y miro otra vez al teléfono, porque no quiero hablar.

Siento que me sigue mirando un rato, pero luego se

pone a hablar con otra persona. Releo el párrafo que acabo de leer. La Eucaristía diaria para llegar al cielo está bien para Carlo, pero yo no la necesito. Yo voy a vivir. Para eso estoy haciendo esta novena, ¿no?

Tenía intención de dejar el artículo, pero sigo leyendo. Al parecer, Carlo recibió la primera comunión antes de tiempo, a petición suya. Un obispo... no, algo más que un obispo, el ex secretario personal del Papa, tuvo que confirmar que era bastante maduro. Incluso sugirió que se hiciera en un lugar tranquilo, sin las distracciones de una gran fiesta. Así que Carlo, con siete años de edad, entró en un monasterio silencioso bajo un dintel donde decía "Dios basta" para recibir su primera comunión. Eh.

No puedo dejar de pensar en mi primera comunión. Papá estaba allí, por entonces todavía iba a la iglesia de vez en cuando. Pero lo principal que recuerdo es la fiesta que hubo después y mi nueva Xbox. Me muerdo el labio y leo más cosas que dijo Carlo.

"La conversión no es otra cosa que dejar de mirar hacia abajo y empezar a mirar hacia arriba. Solo hay que mover los ojos".

¿Mover los ojos? ¿Así es como puedes convertirte en santo? ¿Solo tienes que mirar a otro sitio? Tiene que haber algo más.

¿Verdad?

MARTES:

DÍA 3

6 de octubre de 2020

Ayer, cuando llegué a casa, estaba muy cansado, pero quiero estar aquí, en la escuela, que las cosas sigan siendo normales. Mamá y papá trabajan desde casa. Cada vez que mamá me mira, sus ojos se llenan de lágrimas. Y papá no deja de meterse con ella hablando mal de Dios. Ojalá dejara de hacerlo. Sé que no ha practicado la fe desde hace años, pero no solía hablar tanto de ello.

Dudo que me pueda sentir mejor cuando llegue hoy a casa, así que en cuanto termino el almuerzo saco el teléfono y abro la página de la novena.

Oye, la cita de Carlo para hoy está un poco más a mi nivel: "Pide continuamente a tu Ángel de la Guarda que te ayude. Tu Ángel de la Guarda debe convertirse en tu mejor amigo". Eso es un poco más factible, ¿verdad? *Dame la gracia de vivir con justicia, como quiere mi Ángel de la Guarda*, dice la meditación. *Como quiere mi Ángel de la Guarda*. Me froto con la punta del dedo un moretón que tengo en el dorso de la mano, y luego tiro de la manga para ocultarlo. No se me había ocurrido que mi Ángel de la Guarda *quisiera* algo, como si fuese una persona. Pero todos ellos son individuos, ¿no? igual que la gente...

¿Y mi Ángel de la Guarda quiere que yo sea justo? Sí, supongo que sí. Ese viene a ser, digamos, su propósito en la vida, ¿no? Su propósito no es ayudarme a sentirme seguro...

Recuerdo que el Padre Thomas lo dijo durante la clase de confirmación. No se trata de seguridad física, sino de seguridad espiritual.

Qué vergüenza. Ahora mismo me vendría bien un poco de ayuda física.

Digo las oraciones de la novena y luego vuelvo a leer el artículo sobre el casi beato Carlo. Carlo incluso se hizo un sitio web donde la gente podía descubrir qué santos del cielo eran adecuados para ser sus amigos. Un "genio de la Internet", le llamó alguien.

Bueno, a mí me basta con conocer a un santo amigo. Carlo sigue dándome latigazos. Al parecer fue muy amable con todo el mundo. Especialmente con los que no encajaban en la escuela o eran discapacitados. Los defendía de los matones. Pero era muy popular. Aunque solía invitar a sus amigos a ir la iglesia, e incluso defendía en clase sus opiniones pro-vida. Y trataba a las chicas con esa pureza anticuada que asombraba a sus amigos y por lo que podrían haberse reído de él en la escuela, pero no fue así, porque tenía tanta... *convicción*. No tenía interés en adaptarse: "Todas las personas nacen como originales, pero muchas mueren como fotocopias".

Miro a mi alrededor, por la cafetería. ¿Es eso lo que estamos haciendo? ¿Tratando de convertirnos en fotocopias?

«¿Por qué la gente se preocupa tanto por su belleza física, pero no se preocupa por la belleza de sus almas?» diría Carlo.

El feo moretón en mi mano se ve de nuevo. Estoy a punto de volver a bajarme la manga, a pesar de las palabras de Carlo, cuando estalla una pelea.

—¡No, devuélvelo! —dice Richard el cojo, en voz alta y angustiada—. ¡Me pondré malo si no lo llevo puesto! ¡Mamá me lo dijo!

Miro por la cafetería. No se ve al personal.

—Vamos, bésame las zapatillas, ya que estás ahí abajo, y te dejaré levantarte. Puede que incluso te devuelva la mascarilla, después de que la use para limpiarme la nariz, ¡claro! —la voz de Marle se oye en la cafetería y mucha gente se ríe; algunos se suben a las mesas para ver mejor.

Me caliento de rabia por primera vez desde que me diagnosticaron. Richard el cojo tiene necesidades especiales, todos saben que es inmunodeprimido. ¿Quitarle la mascarilla y obligarle a besar unas zapatillas sucias?

¡Carlo, ayúdame! No puedo quedarme sentado y…

Me pongo de pie y subo corriendo por el pasillo, ignorando los gritos de consternación de mis amigos. Marle tiene diecisiete años y es el doble de grande que yo, pero ¿qué importa? Puesto que puedo morir de todos modos...

—¡Déjale! —le doy a Marle un empujón, pero cuando trato de ayudar a Richard a levantarse, Marle me agarra la muñeca, y aprieta fuerte.

—¡Se queda ahí abajo, mocoso engreído!

—No. ¡Claro que no! —mi nariz solo llega hasta la clavícula de Marle, pero me niego a echarme atrás.

No está acostumbrado a esto, y veo en sus ojos un parpadeo de incertidumbre. ¡Ja! Cobarde.

—¡Que todo el mundo vuelva a la mesa de su clase! *¿Cuántas veces tenemos que decíroslo?*

Marle me suelta la muñeca, arroja a Richard la mascarilla y se desliza entre sus compañeros. Trato de ayudar a Richard el cojo a levantarse, luego lo pienso mejor. Es inmunodeprimido como yo. Pero cuando consigue ponerse en pie, se fija en mi muñeca, en la que se está formando un moretón oscuro. Tímidamente me bajo la manga, le muestro un pulgar hacia arriba, en lugar de una sonrisa, que no vería detrás de mi mascarilla, y voy hacia la puerta. Si vuelvo a mi mesa, mis amigos se me van a echar encima.

Me instalo en el aula vacía y vuelvo a leer.

"¿De qué sirve ganar mil batallas si no podemos ganar una sola batalla contra nosotros mismos?" dice Carlo.

Eh. Pero vuelvo a comprobar que tengo las mangas estiradas antes de que el resto de la clase se reúna conmigo. No es vanidad, ¿eh? Solo que no quiero que lo sepan todavía.

—¿Qué pasa, viejo, te has vuelto loco? —pregunta Razim mientras deja caer mi bolsa a mi lado y me da una palmada en la espalda, haciendo que me duelan los moretones—. ¡Enfrentarte a Marle tú solo! —su mirada vacila entre la admiración y la preocupación, mientras me mira fijamente.

Digo que estoy harto de que Marle se meta con Richard y, gracias a Dios, el profesor entra antes de que Raz pueda decir más.

+

Cuando llego a casa puedo ver a mamá y a papá en la habitación delantera gritando y gesticulando, así que paso de largo sin entrar en casa y me voy a la iglesia. Me siento en un banco de atrás. Debería rezar. Pero no puedo encontrar palabras. Y estoy tan, tan cansado...

+

Buzz.

Me despierto con una sacudida y me enderezo, me duele el cuello. También me duele el trasero. Los bancos no están hechos para dormir. Miro el teléfono. He estado durmiendo cuarenta y cinco minutos y acaba de llegar un mensaje de texto de mamá: *¿Dónde estás? ¿Estás bien?*

Me dan ganas de contestarle esto: *Estaba bien hasta que llegué a casa y os vi a los dos riñendo. Es bastante malo morir, sin que tus padres se separen por ello.*

Pero no lo hago. Espero que mi Ángel de la Guarda esté orgulloso de mí.

MIÉRCOLES:

DÍA 4

7 de octubre de 2020

—No me quedaré aquí con vosotros todo el día; ¡OLVIDADLO! —doy un portazo y me voy a la calle. Apenas doblo la esquina, tengo que detenerme y apoyarme contra la pared, jadeando para respirar.

Supongo que mi ángel de la guarda no estará orgulloso de mí esta mañana. ¿Pero de qué serviría que me quedara sentado en casa?

—¿Estás bien, Daniel? —me pregunta Razim durante el recreo—. Estás muy... Actúas de forma un poco rara en este momento.

—Estoy bien, Razim. De verdad. —Entonces me siento mal. Porque, en realidad, acabo de mentir, ¿no?— Bueno, mis padres se están peleando mucho. Eso me deprime —al menos, esa es la mitad de la verdad.

Durante el almuerzo bajo otra vez la cabeza y hago mi novena. La de hoy es una cita muy larga: "Nuestra alma es como un globo de aire caliente... Si por casualidad cometemos un pecado mortal, el alma se cae al suelo. La confesión es como el fuego debajo del globo, que hace que el alma se levante de nuevo... Es importante confesarse a menudo".

Lo leo dos veces. Luego me imagino a mi alma subiendo y bajando como un globo de aire, mientras yo, casi sin darme cuenta, meto pesas de plomo en la cesta, y una figura de Jesús que se parece al Padre Thomas las echa fuera otra vez mientras intenta que siga ardiendo el fuego del Espíritu Santo. Creo que es una metáfora bastante buena.

No me he confesado desde la Cuaresma. Tal vez debería ir. Odio confesarme, incluso con el Padre Thomas. ¿De verdad lo necesito?

Pero el sonido de un portazo resuena en mi mente mientras rezo las oraciones. Y cuando paso al artículo, leo las palabras de Carlo: "Para elevarse hasta Dios, el alma debe despojarse hasta del más mínimo peso".

+

Toco el timbre del presbiterio, sintiéndome súper torpe. Esto es una estupidez. Probablemente ni siquiera esté él aquí. Pero no podía irme directamente a casa, después de la escuela. Mamá y papá se estaban peleando otra vez. Y la iglesia está llena de ancianas con mascarilla y mantilla, rezando el rosario.

El Padre Thomas abre la puerta y sonríe.

—Ah, hola Daniel. ¿Quieres pasar?

Le digo que sí con la cabeza, así que él retrocede. Después de que me froto las manos con su desinfectante, me lleva a la sala delantera, la de las ventanas anchas, donde a menudo le veo hablando con los feligreses. Me indica el sofá con la mano, pero convierte la invitación en un gesto para que me detenga.

—Un momento, voy a cambiar la funda.

Saca la funda del sofá y se la lleva. Le oigo usar el desinfectante de manos en el pasillo y abrir un armario. Un momento después vuelve con una funda limpia y bien doblada.

La sacude y la echa sobre el sofá.

—Listo.

Sí, ahora soy inmunodeprimido. Quizá por eso mamá no quiere que vaya a la escuela. Un gusano de culpabilidad se agita en mi vientre cuando recuerdo cómo le grité hace un rato.

Me siento en el sofá y el Padre Thomas hace lo mismo en el sillón al otro lado de la habitación, así que hay mucho aire entre los dos.

—Siento haberle gritado el otro día —murmuro.

Él lo pasa por alto moviendo la mano.

—¿Cómo estás?

—Bien, supongo. Quiero decir, estaba muy enfadado con usted, por estar tan tranquilo. Parecía como si no le importase. Pero mamá prácticamente rompe a llorar cada vez que me mira, aunque no hace más que decirme que todo va a salir bien, y papá le hace pasar malos ratos continuamente, y mi hermana me mira como si tuviera miedo de que yo vaya a hacer 'puf' y desaparecer, así que... así que, en realidad, es muy agradable estar aquí con alguien que se porta de modo realista.

El Padre Thomas sonríe, con sus dientes blancos que brillan sobre su piel.

—Me importa, Daniel, lo sabes, ¿verdad? Pero, en realidad, todavía estás aquí. Sigues siendo tú. ¿Cómo *debo* tratarte?

Después de un momento, le devuelvo la sonrisa, porque sus palabras me hacen sentir mejor. Sí, le importa. No se pone histérico y, vaya, ¡eso es lo que necesito ahora!

—¿Cómo se lo están tomando tus padres?

Me encojo de hombros.

—Se pelean todo el tiempo. Sobre por qué Dios dejó que me pasara esto.

—Ah —el Padre Thomas suspira—. Siento oírlo. ¿Cómo te sientes tú?

—Bien. Supongo que hay algo de verdad en la

metáfora de la vasija. Esa metáfora tan tonta —añado, y luego me arrepiento de ser tan malo—. Estoy haciendo la novena. Aunque estaba muy enojado cuando busqué a Carlo. Quiero decir, ¿por qué me propuso usted precisamente un santo que se murió? Pero en realidad, eh, me ha gustado lo que he leído sobre él.

El Padre Thomas se encoge de hombros.

—La misma edad, la misma enfermedad, ¿cómo no iba a pensar que os llevaríais bien? Esto... quería preguntarte una cosa: ¿tienes leucemia LLA o LMA?

¿Ha estado investigando?

—LLA.

Dice que sí con la cabeza.

—Bien. Bueno, el casi beato Carlo tenía el otro tipo. Es mucho más grave.

¿En serio? Un nudo pequeño se desata en mi intestino. Pero la culpabilidad sigue allí.

—Sabes —continúa—, Carlo solía hacer hincapié en ayudar a los niños cuyos padres tenían dificultades en su matrimonio. Los invitaba a su casa y procuraba ser su amigo. ¿Por qué no agregas a tu novena a tu mamá y tu papá? No te enojes conmigo por decirlo, pero en cierto modo, esto es aún más difícil para ellos.

¿Más difícil para ellos? ¿Ah, si? Lo archivaré para pensarlo más tarde y tomar una decisión. Lo que quiero decir es que, independientemente del tipo de leucemia, ¿qué pasa si yo empeoro muy deprisa, como le pasó a

Carlo?

—¿Padre? ¿Podría, eh —*Carlo, ¡ayúdame!*— podría... cree usted que podría... confesarme?

Aparece una gran sonrisa en su cara.

—Por supuesto que puedes.

JUEVES:

DÍA 5

8 de octubre de 2020

—Daniel, ¿eres tú? ¿Estás bien?

Después de cerrar la puerta principal, me doy la vuelta.

—Sí, mamá.

Hoy vine directo a casa desde la escuela porque no quería preocuparla de nuevo. Sigo pensando en lo que me dijo el Padre Thomas ayer, después de confesarme por haberle gritado a mamá.

"¿Sabes cuáles fueron las últimas palabras que dijo Carlo? No podía dormir por el dolor y una enfermera le preguntó si quería que despertara a su madre para que le hiciera compañía. Pero él dijo que la dejara dormir, porque 'ella también está muy cansada y solo va a preocuparse más'".

Estaba tumbado muriéndose, y sabía que se estaba muriendo, pero se preocupaba más por la comodidad de su madre que por la suya propia. Es como su cita en la novena de hoy: "La tristeza es mirarnos a nosotros mismos, la felicidad es mirar a Dios". Carlo era tan *feliz*. Eso dice la gente que le conoció. Y encontró a Dios en los demás, ¿no?

De todos modos, estoy tratando de ser más paciente con mamá.

Ella viene al vestíbulo.

—El Padre Thomas llamó hace unos minutos. Quería que le llamaras en cuanto llegaras a casa. Pero si necesitas descansar primero...

—No, estoy bien. De hecho —uf, otra vez sus ojos con esa mirada—, yo... eh, creo que me voy a dar un paseo por allí. Me gustaría tomar un poco de aire fresco.

Poco después me apoyo en la puerta del presbiterio mientras toco el timbre, mientras respiro con fuerza. No puedo creer lo agotado que me siento, especialmente porque esta mañana ni siquiera tuve que ir andando a la escuela, porque el padre de Razim nos llevó en coche. Debo de estar empeorando.

El Padre Thomas abre la puerta.

—¡Oh, Daniel! No tenías que venir hasta aquí.

—Me apetecía dar un paseo.

Me tiemblan las piernas, mientras él vuelve a cambiar la funda, luego me dejo caer en el sofá, tratando de recuperar el aliento.

—¿Quieres algo de beber? Pareces hecho polvo. ¿Un zumo, un café?

—Un zumo, gracias.

Va a buscarlo. ¿De qué querrá hablarme?

+

Estoy tumbado en una cama de hospital, con tubos que salen de mis brazos. Las máquinas dan pitidos. El miedo crece dentro de mí, mientras miro a mi alrededor.

Pero mi amigo está sentado al lado de mi cama. Sonríe, con una sonrisa grande y radiante que ilumina la habitación. De verdad. La luz es hermosa. "Estoy contigo, Daniel, no te preocupes".

Me relajo entre las almohadas, mi miedo se alivia. Carlo murmura suavemente algo más. Oraciones. Estoy tan relajado que no siento que tenga que esforzarme para oírle, así que solo capto frases sueltas.

"...porque no amaron tanto su vida que temieran la muerte..."

"...estad alegres, cielos, y los que habitáis en ellos..."

"...El Señor nos alimentará con flor de harina..."

"...Da el descanso eterno a los muertos: reúne en el cielo a toda la Iglesia..."

¿Eh? Abro los ojos. Carlo no está aquí. Ni el hospital. El Padre Thomas está de pie frente a un

crucifijo en la esquina, con un libro encuadernado en cuero en la mano, recitando algo que parece una oración. ¿Cuánto tiempo he estado dormido? Cuando me incorporo, una manta que huele a limpio y que estaba encima de mí se desliza sobre el sofá.

El Padre Thomas se santigua, cierra el libro, y se da la vuelta.

—Ah, Daniel.

Me arden las mejillas.

—Lo siento mucho. No quería quedarme dormido.

—Está bien. Has hecho una siesta, y yo mis oraciones. Todos salimos ganando —hace un gesto hacia un vaso que hay a mi lado y vuelve a sentarse en su sillón, a bastante distancia.

Tomo el zumo y bebo con sed. Azúcar, energía, eso es lo que necesito.

—Bueno, voy a ser rápido porque es mejor que llegues a casa antes de que tus padres se preocupen. ¿Sabes que te dije que Carlo Acutis va a ser beatificado este sábado, que van a hacerle beato?

Digo que sí con la cabeza mirándole por encima del vaso.

—Bueno, como nació en el Reino Unido nos han pedido que enviemos a Asís un representante para la ceremonia. Los obispos habían elegido a un joven que tiene leucemia. Pero... bueno, inesperadamente no va a poder ir, así que ayer mandaron un correo electrónico preguntando por otros candidatos. Yo puse tu nombre. Bueno, te han elegido a ti.

Se me escapa lo que quedaba del zumo en el vaso.

—¿Cómo? Un momento. ¿Quiere usted decir que...?

—¿Que vas a ir a Asís para la beatificación? Sí, eso es.

+

—Por favor, mamá! ¡Estoy bastante bien!

El Padre Thomas insistió en llevarme a casa, aunque apenas está a unas pocas manzanas de casas, y acaba de preguntar a mis padres respecto al viaje.

—¡No puedes ir solo! ¡Eres demasiado joven!

Miro al Padre Thomas sin saber qué decir. Él dice que sí con la cabeza. "El representante original tenía edad suficiente para viajar sin compañía. Pero a los obispos les parece bien que Daniel vaya acompañado por otra persona, debido a su edad".

—¡Así que puedes venir conmigo, mamá! ¡Piénsalo, Asís! ¡San Francisco!

Mamá parece angustiada.

—¿Salir mañana? No puedo, Daniel. Estoy haciendo algo muy importante. Sobre todo, si luego tengo que dedicar mucho tiempo a...—se interrumpe—. Me encantaría ir, pero no puedo. Lo siento mucho.

—Entonces... ¿puede venir papá? —le miro, me falla

el corazón. —¿Papá? ¿Quieres venir a un asunto religioso importante? ¿Justo ahora?

No me mira. Solo niega con la cabeza.

—Yo tampoco puedo tomarme tiempo libre.

¡No puedo creerlo! ¡Italia, Asís, el gran día de Carlo!

Quiero golpear la pared, pero me haría más daño que el que me hizo ayer Marle en la muñeca. El Padre Thomas parece disgustado, consternado por haberme dado esperanzas, supongo. Un momento...

—Padre Thomas, ¿puede usted venir conmigo?

—¿*Yo*? Eh, realmente no creo... —le miro fijo, suplicante, y él desvía la mirada, y luego levanta un dedo en un gesto de *dame un minuto*. Parece un hombre haciendo malabarismos mentales con un horario abarrotado. Apenas puedo respirar.

—Bueno... supongo que podría volar contigo, como estaba previsto, mañana por la noche. Podría buscar alguien que me cubra las misas del sábado. Pero este fin de semana no conseguiría que me cubran las misas del domingo, así que tendríamos que conseguir un vuelo de vuelta para el sábado por la noche. No verías mucho de Asís.

—¡No me importa! Podría estar en la beatificación, ¿no? Mamá, papá, ¿puedo ir? —vuelvo hacia ellos mi mirada suplicante.

Mamá me mira y mira al Padre Thomas.

—Bueno... Supongo que sí.

Papá está ceñudo, pero no dice nada.

—¡Papá! —le ruego—. ¡Nunca he estado en Italia! ¡Apenas he estado en *ninguna* parte!

Y esta puede ser mi única oportunidad, pero eso se queda en el aire, sin que lo diga, pero estoy seguro de que papá lo oye. Mira aun más ceñudo al Padre Thomas.

—Bien. Pero él debe tener su propia habitación, para... ¡Para que pueda descansar cuando lo necesite!

Las cejas del Padre Thomas se juntan, solo un poco... o quizá lo estoy imaginando, porque habla con tono ligero.

—No hace falta decirlo. ¿Pueden ustedes firmar el formulario de consentimiento en cuanto me lo envíe la diócesis por correo electrónico? —Me echa una mirada—. Mañana tómatelo con calma, ¿de acuerdo? Cuando lo haya resuelto, te mandaré en un correo electrónico la hora en que tenemos que salir.

Digo que sí con la cabeza, mientras mi corazón palpita. No me lo puedo creer.

¡Me voy a Asís!

¡Estaré en la beatificación de Carlo!

VIERNES:

DÍA 6

9 de octubre de 2020

Dejo que mamá me convenza para que no vaya hoy a la escuela. Tengo que hacer las maletas, y no quiero estar tan cansado que al final ella vaya a decidir que no me deja viajar. Y no creo que pueda estar sentado al lado de Razim todo el día sin que se me escape. Entonces tendría que contárselo todo.

Insisto en ir andando hasta la calle comercial para comprar algunas cosas para el viaje. Lo primero de todo hice la novena, y pienso en ello mientras camino, porque me preocupa. Hoy la cita de Carlo fue: "Lo único que tenemos que pedirle a Dios en la oración es el deseo de ser santos". Pero eso no es lo que yo he estado pidiendo, ¿no?

La meditación habla de cómo Carlo siempre pedía a

Dios "lo esencial". "Dame la gracia de tener un deseo profundo del Cielo", esas son las palabras que dije rezando hace un rato. ¿Las dije en serio?

Cuando llego a la farmacia estoy demasiado cansado para pensar. Ni siquiera me acuerdo de ponerme la mascarilla hasta que extiendo las manos hacia el desinfectante. Niebla cerebral total. Lo más deprisa que puedo localizo los tapones de oídos, la máscara para los ojos, y la almohadilla para el cuello. Añado también un paquete de mascarillas quirúrgicas desechables. Me gustan las de tela con mis diseños artísticos impresos, pero mamá dice que en el avión debo usar una mascarilla quirúrgica para alcanzar la máxima protección.

Cuando voy a pagar agarro unos snack deprimentemente saludables. Con esto tengo que tener suficiente. Tengo que ir a casa a descansar. Vendrá un taxi a las cuatro en punto para llevarnos al aeropuerto.

Pero me estoy quedando otra vez sin aliento mientras camino por la concurrida calle comercial. Me tiemblan las piernas. Ay, esto no está bien. Me apresuro a sentarme en un banco y pongo la cabeza sobre las rodillas. ¿Por qué he salido? ¡Tengo que estar bien para esta noche! ¡Pero si solo era un paseo muy corto! Debe de ser que estoy empeorando.

Noto un mal olor y una sombra que se mueve a mi lado.

—Oye, chico, ¿estás bien?

Miro a mi alrededor. Es el vagabundo que se suele sentar a mendigar aquí cerca. Durante el confinamiento desapareció, pero ya ha vuelto.

—Sí, solo estoy un poco cansado.

—¿Estás seguro? —Bajo su pelo largo, su cara envejecida denota preocupación—. ¿Va todo bien en casa, chico? —sus ojos están fijos en mi muñeca, donde la huella de la mano de Marle resalta en mi piel pálida con un color negro y azul brutal.

Me incorporo y me bajo la manga.

—Sí, de verdad, no es lo que parece. Bueno, sí lo es, pero no es lo que piensas. Tengo leucemia —me sorprendo a mí mismo diciéndolo, así de simple.

Su cara se arruga de consternación.

—Hombre, es raro que encuentre a alguien que está peor que yo. Eso me recuerda que debo dar gracias por las bendiciones que he recibido, sí.

Que por su aspecto son pocas. Me obligo a no pensar en su mal olor, miro a mi alrededor y digo:

—Voy a la cafetería a descansar unos minutos. ¿Quieres venir a comer un bocadillo?

Su cara denota sorpresa, luego sonríe.

—Eso sería genial.

Unos minutos después estamos instalados en la cafetería, sentados a la distancia habitual, mientras me esfuerzo más que nunca en ignorar su olor corporal sofocante mientras él muerde una baguette. Supongo que no puede evitarlo. No tiene casa para ducharse. Me tomo un café, esperando que la cafeína me dará energía para llegar a casa con un aspecto lo bastante saludable para que me dejen viajar.

Pero el tipo sigue mirándome mientras come.

—¿Qué pasa? —pregunto al fin. No estoy enfadado. Solo pregunto.

Se encoge de hombros.

—Los chicos de tu edad suelen tirarnos una botella de una patada en vez de invitarnos a comer. Y antes tú nunca me habías mirado de verdad.

¿Me reconoce? Me arden las mejillas. Supongo que sí. He vivido aquí desde que nací, y él ha estado sentado ahí durante años, de vez en cuando.

—Bueno, eh... —tomo un sorbo de café para ocultar mi confusión—. Bueno, yo es que... desde hace poco tengo un nuevo amigo. Y, eh, él estuvo mucho tiempo de voluntario en un orfanato, y con los ancianos, y en un comedor de beneficencia. Me hace sentir que realmente yo no... en fin, que no me esfuerzo mucho.

Sonríe, mostrando unos dientes manchados.

—Parece un tipo muy simpático. Tienes suerte de tener un compañero así.

—Sí. Empiezo a pensar que sí.

Algo negro en el exterior atrae mi mirada. Pasa el Padre Thomas. ¿Vendrá también de la farmacia?

Levanto una mano y la agito para llamar su atención. Pero él se da la vuelta, atraviesa la puerta, viene hasta donde estamos y se sienta a la distancia apropiada.

—Hola, Daniel. Hola, Greg.

Greg. Se me acaloran las mejillas.

Ni siquiera le había preguntado su nombre, ni tampoco le dije el mío.

Tengo una imagen clara y repentina de Carlo sentado a mi lado y poniendo cara de circunstancias.

+

—Tengo que sentarme un minuto.

El Padre Thomas me acompaña a casa, pues va en la misma dirección, pero solo estamos a mitad de camino y... me dejo caer sobre una pared baja.

—¿Estás bien, Daniel?

—Sí. Solo estoy cansado. Por favor, no se lo diga a mi madre. Este viaje a Asís es lo único bueno que me ha pasado por tener cáncer.

Bueno, eso y Carlo. Cuanto más sé sobre él, más esperanzas me da. Es como si abriera la puerta de una habitación oscura y vacía dentro de mí, y cuanto más la abro, más luz entra, revelando cosas hermosas que no sabía que estaban ahí.

Pero el Padre Thomas parece preocupado.

—Descansaré toda la tarde. Se lo prometo.

—Está bien, está bien. Tranquilo.

Me siento en silencio unos momentos. Carlo me hace sentir más valiente, pero aún así...

—¿Padre Thomas? ¿Cree usted que me voy a morir? —ay, ¿por qué se lo pregunto? Él no es médico.

Inclina un poco la cabeza.

—Por supuesto que sí —levanta una ceja—. Todos vamos a morir, ya lo sabes.

—¡Eh, *Padre*! —le doy un toque en el brazo con el puño. Ay, apenas le he rozado, pero me van a salir moretones—. ¡Eso no es gracioso!

Sonríe, lo que pone punto final a mi indignación, y estalla en risas.

Pero pronto deja de reír. Yo no quiero decirlo, pero se me escapa.

—Padre, estoy muy asustado.

Su sonrisa desaparece inmediatamente. Asiente con la cabeza.

—Sí. Eso es natural, ¿verdad? ¿Pero sabes lo que dijo Carlo cuando oyó su diagnóstico?

Lo he leído varias veces en los últimos días, así que lo recito:

—"Soy feliz de morir porque he vivido la vida sin perder un minuto en las cosas que no agradan a Dios." ¡Pero no yo he hecho eso, Padre Thomas!

—Pero aún no estás muerto, ¿vale? Puede que vivas años, incluso décadas. Y aunque solo te queden unos meses, o unas semanas, o unos pocos días, eso no te va a impedir que los aproveches bien, ¿no? Con más motivo. Mucha gente piensa que Carlo era un torbellino de vida, actividad, bondad y generosidad por eso. Porque sabía que no le quedaba mucho tiempo y no quería perder ni un momento. Realmente no era tan diferente de ti, Daniel. Solo era un chico normal que sabía cuáles eran sus prioridades.

Prioridades. ¿Cuáles son mis prioridades? La semana pasada creí que lo sabía Mi arte 3D. Mis amigos. Incluso mi gato.

Ahora, no estoy tan seguro.

DÍA 7

10 de octubre de 2020

Después de un sabroso desayuno continental en la casa de huéspedes del monasterio adonde llegamos anoche muy tarde, y dos tazas de café italiano súper fuerte para que pueda aguantar, nos dirigimos a la puerta principal. Allí encuentro esperándome un útil *scooter para minusválidos*. El Padre Thomas me dice sin rodeos que si lo uso, probablemente podremos ver varios sitios, o puedo negarme, y probablemente solo veremos la basílica principal, como él pensó que sería nuestra visita antes de ocurrírsele esta idea que me mortifica.

Me subo. En realidad es sorprendentemente ágil y bastante divertido. El Padre Thomas corre detrás de mí, sonriendo ante mi alegría. ¡Apuesto a que Carlo también se habría divertido montado en esto! Razim también, si se le pudiera convencer para que le diera una oportunidad.

Primero vamos a la poderosa Basílica de Santa María de los Ángeles, dentro de la cual me sorprende encontrar una capilla pequeña y completa, la "Porciúncula", una de las iglesias deterioradas que restauró San Francisco, me dice el Padre Thomas, cerca de la cual murió. No hay mucha gente aquí todavía, y el Padre Thomas me deja rezar a solas en el interior. La paz me llena mientras permanezco sentado y sumergido en la calma de este interior antiguo y sencillo.

Al cabo de un rato, saco mi teléfono y hago la novena. "La Virgen María es la única mujer de mi vida", esa es la cita de Carlo. Sí, solía rezar el rosario todos los días, sin falta. Incluso los últimos días de su vida, en el hospital, lo rezaba con su familia. Miro el viejo cuadro de la Anunciación que está sobre el altar, que muestra a María escuchando tranquilamente al Ángel Gabriel, mientras este lanza la bomba que dará un vuelco a su vida e incluso la pondrá en peligro. Podrían haberla apedreado hasta matarla, recuerdo que el Padre Thomas nos lo dijo.

Cuando los médicos le dijeron a Carlo que se estaba muriendo, él lo escuchó con la misma calma. Simplemente miró a su alrededor y le dijo a su madre:

"Me gustaría salir de este hospital, pero sé que no lo haré vivo. Sin embargo, te daré señales de que estoy con Dios".

¿Qué haré el lunes, si mi pronóstico es malo? ¿Llorar? ¿Ponerme furioso? ¿Volverme contra Dios, como papá? ¿Aceptarlo, con paz en el corazón, como hizo Carlo? ¿Como hizo María?

Sentado aquí, ahora, envuelto en esta paz, por primera vez casi creo que puede que sea capaz de hacerlo, después de todo. Trato de memorizar este sentimiento, guardarlo con cuidado dentro de mi corazón, para usarlo más tarde.

Cuando vuelve el Padre Thomas, me lleva a la Capilla de la Renuncia. En este lugar, San Francisco se quitó toda la ropa y renunció a las posesiones de su padre, marchándose desnudo. Aquí es donde han vuelto a enterrar a Carlo, ahora que es -caaaasi- Beato.

Han construido su nueva tumba para que parezca que está levitando, con la luz irradiando a su alrededor. Es impresionante, pero casi no lo noto, porque...

Caigo de rodillas, mirando fijamente, con la boca seca por el shock y el asombro.

Porque la tumba está *abierta*. Un panel lateral ha sido reemplazado por vidrio, y puedo ver a Carlo, acostado ahí dentro, vestido con vaqueros y una sencilla camiseta deportiva. Mientras el Padre Thomas se arrodilla a mi lado, murmura:

—Hubo rumores de que estaba incorrupto, pero no se ha confirmado oficialmente. Bueno, aunque le hayan añadido cera y otras cosas... ¡Caramba!

Sí, ¡caramba! La cara, la piel y las manos de Carlo están perfectas, su pelo, todo. No hay rastro de descomposición, ninguno. ¿Muerto? Parece como si estuviera dormido.

Pero estuvo enterrado catorce años, ¿no? Después de un año tendría que haberse convertido en un esqueleto con algo de pelo y dientes, eso es lo que dicen en el programa de investigadores del crimen que le gusta ver a Razim. Pero su cuerpo parece intacto.

Extiendo la mano vacilante y la pongo sobre el cristal. La parte física de Carlo está justo aquí, tan sólidamente real... La cercanía hace que me dé vueltas la cabeza. Por un momento no puedo hacer otra cosa que mirarle, mirar cada detalle perfecto. Su cara está relajada, con una expresión de descanso pacífico. ¡Se le ve tan gentil!

Al cabo me las arreglo para cerrar los ojos y hablarle de las cosas que me preocupan. *Carlo, por favor, ora por mis padres. Me has hecho sentir mucho mejor en todo, por favor, ayúdalos también.* Los he estado añadiendo a las intenciones de la novena, como sugirió el Padre Thomas, pero siento que rezar por ellos aquí es algo muy especial.

Me envuelve un profundo sentido de bienvenida,

como si me estuviera relajando con un amigo íntimo que está muy contento de verme. Se me derraman las lágrimas, no puedo evitarlo. No quiero irme. De verdad que no quiero.

Por supuesto, al final sí tengo que irme.

—Entonces, ¿esto significa que es seguro que es un santo? —le pregunto al Padre Thomas en cuanto puedo controlar la respiración, y empiezo a sentir un poco menos como si me hubieran golpeado la cabeza con un garrote.

Sonríe mientras camina a zancadas junto al scooter.

—En realidad, no. Si no han anunciado que está incorrupto, es casi seguro que han usado cera o algo así en su cara para ponerlo completamente... presentable. De todos modos, un nivel significativo de incorrupción es muy indicativo, pero solo los milagros claros se consideran evidencia. La incorrupción a menudo solo es parcial, o solo hay un retraso en la corrupción, y la gente se preocupa por si pudiera haber alguna explicación científica oscura, por eso no se considera prueba concreta de santidad. Tal vez sea por un exceso de precaución, pero eso es preferible en estos casos, ¿no crees? La canonización se basa en la certeza, no en la probabilidad.

¿No es una prueba contundente? Frunzo el ceño. Entonces el listón de la santidad está muy alto. Certeza, no probabilidad, ¿eh? Eso es bueno, supongo. Pero fue increíble verle. ¡Ahora es cuando le he conocido de verdad!

Bajamos la colina para ver la capilla de San Damián y orar ante el famoso crucifijo pintado... ¡Incluso yo he oído hablar del crucifijo milagroso de San Damián! La capilla está tan llena como permite el distanciamiento social, pero tiene la misma belleza sencilla que la Porciúncula, y capto un fugaz respiro de esa paz cuando hay una pausa en el ruido. Estoy particularmente emocionado al ver después los alrededores del convento, porque es el lugar donde ocurrió uno de los milagros eucarísticos que documentó Carlo.

—¿Puede usted creer que arrastró a sus padres por todo el mundo a la edad de once años, para verlos todos? —le digo al Padre Thomas, mientras nos dirigimos al interior—. Y a los catorce años hizo un sitio web y una exhibición itinerante para compartirlos con todo el mundo. ¡No puedo ni imaginármelo, organizar algo así!

Este es el lugar donde Santa Clara de Asís, la santa patrona de mi hermanita, expulsó a un ejército sarraceno, simplemente mostrándoles el Santísimo Sacramento. Bueno, supongo que fue Jesús, en la Sagrada Eucaristía, quien los ahuyentó. Pero de todos modos era inexplicable que un ejército merodeador dejara allí a todas esas monjas desarmadas y huyera.

Un descanso en un café; sí, me duermo durante veinte minutos, tumbado en el scooter, luego bebo más café italiano fuerte y nos dirigimos a la Basílica principal de San Francisco, donde más tarde tendrá lugar la beatificación. En un edificio próximo almorzamos con el cardenal que va a oficiar la beatificación y algunos otros representantes. La mayoría hablan idiomas diferentes, así que hay muchos saludos con la cabeza y sonrisas entre todos. Después, el Padre Thomas me lleva a un convento vecino, donde unas monjas muy amables me dejan tumbarme en una cama y dormir una hora. Por entonces estoy demasiado cansado para oponerme, con o sin scooter.

Me levanto a tiempo para echar un vistazo rápido a la enorme iglesia, luego empieza el gran evento.

La misa y la ceremonia de beatificación son un poco decepcionantes. No hay aquí mucha gente, seguramente debido al virus. Pero al menos hay algunos. En un momento dado, una pequeña procesión sube por el pasillo: dos hombres revestidos que llevan un objeto de aspecto elaborado, seguidos por un hombre y una mujer con ropa normal. El Padre Thomas me susurra que el objeto es un "relicario" que contiene el corazón intacto de Carlo. Y que el hombre y la mujer que están siendo abrazados por el cardenal son la madre y el padre de Carlo. ¡Qué fuerte! ¿Cómo se sentirán hoy?

Pero como todo está en latín o en italiano, no estoy

seguro de cuál, no entiendo mucho. Al menos recibimos a Jesús en la comunión.

Estaba planeando subir a comulgar dejando el scooter en el banco de la iglesia, no soy un inválido total. Todavía. Pero los sacerdotes se acercan a cada uno de nosotros por turno. Carlo solía decir: "Cuanto más recibimos la Eucaristía, más nos asemejamos a Jesús y ya en esta tierra recibimos un adelanto del Cielo". Después de mi experiencia de paz de esta mañana, estoy decidido a tomarlo más en serio de ahora en adelante.

Mientras todos aplaudían, retiraron el paño que cubría una gran imagen de Carlo que han inaugurado. Yo la miro, y recuerdo cómo me sentí mientras rezaba esta mañana, pensando en lo imposible que habría sido sentirme así hace solo una semana. ¿Cómo me sentiría ahora sin este extraño y nuevo amigo, muerto y no-muerto? Faltan dos días para el día del pronóstico. Debería estar aterrorizado, deprimido, enfadado, lleno de odio hacia el universo, pero no lo estoy. Sí, estoy asustado, pero también siento esperanza en el futuro. Es algo extraño, pero tengo más esperanza de la que he tenido nunca. Antes la esperanza no era realmente parte de mi vida.

—Gracias, Carlo —susurro antes de irnos.

Entonces tomamos un taxi. Me quedo dormido enseguida, y lo siguiente que sé es que, dos horas más tarde, ha caído la noche y estamos llegando a Siena. El Padre Thomas fue muy listo, anoche volamos a Perugia, cerca de Asís, pero reservó los vuelos de vuelta desde Florencia, cerca de Siena. Así podremos ver uno más de los milagros eucarísticos de Carlo, antes de ir al aeropuerto.

También me ha dicho que ha hecho un donativo en un sitio donde plantan árboles para compensar las emisiones de carbono de nuestros vuelos, lo cual me alegró mucho, aunque reconozco que no había pensado en ello, con todas estas emociones. Le dije que le daría la mitad del dinero, pero él me dijo que hiciera otro donativo, si me importaba. Tengo que hacerlo.

Estoy rígido y dolorido cuando me bajo del taxi. Me da vueltas la cabeza. Me alegra ver que el Padre Thomas recibe una silla de ruedas de un sacerdote italiano sonriente, que también nos abre la capilla. ¿La están abriendo solo para mí?

Avergonzado, pero encantado, trato de seguir despierto mientras el Padre Thomas me lleva adentro y el sacerdote italiano saca una caja de cristal lujosa que contiene doscientas veintitrés Hostias consagradas que de alguna manera han permanecido intactas y sin pudrirse durante más de doscientos cincuenta años, en contra de todas las leyes de la física y la biología - algo que comprobaciones científicas muy extensas no han podido explicar.

Trato de rezar, trato de apreciar este momento, pero ¡porras! estoy cansado. Recuerdo algo que la madre de Carlo dijo sobre él: que a menudo preguntaba por qué tantos católicos hacían largas colas para asistir a conciertos de rock, pero no podían dedicar cinco segundos de silencio ante el tabernáculo del Dios vivo al que debemos nuestra existencia. Eh... sí. Trato de concentrarme en las Hostias Milagrosas, en vez de pensar en que tengo que volver a subir en ese taxi tranquilo y suave.

La adoración, lo leí el otro día, produce frutos invisibles que Carlo experimentó y que el apóstol Pablo enumera en sus cartas: alegría, paz, serenidad, auto-dominio, profecía, no temer a la muerte, vivir la vida por los demás. La adoración hizo de Carlo "un compañero de Jesús".

Mientras miro los humildes círculos de Pan dentro de su caja de cristal, me duele el corazón dentro de mí. Temblando con el esfuerzo, me levanto de la silla de ruedas y me arrodillo ante Dios.

En este momento, sé que yo también quiero ser compañero de Jesús.

Cueste lo que cueste.

DOMINGO:

DÍA 8

11 de octubre de 2020

Me despierto con el recuerdo de haber llegado a casa muy tarde, de que el Padre Thomas y papá me acompañaron al entrar, la voz tranquilizadora del Padre Thomas resonando en mis oídos: "Está muy cansado. Hemos tenido un día muy duro". De papá, quitándome la ropa de viaje sudada. Y de mi cama bendita, levantándose a mi encuentro, y mi mejilla al apretarse contra la blanda almohada...

Todavía estoy exhausto, pero más o menos despierto. El peso caliente de Arnie descansa sobre mi espalda. Abro los ojos a regañadientes, y tengo un sobresalto tan fuerte, que me sacude todos los huesos doloridos de mi cuerpo, y provoca un maullido de irritación detrás de mí.

—"¡Clare!"

Mi hermanita está sentada con la barbilla apoyada en la cama, mirándome a la cara.

—Clare, ¿qué estás haciendo?

—Solo... mirándote.

—¿Por qué?

—Para que no te vayas.

—Yo no... —me interrumpo. Me muerdo el labio. Ay, otro moretón—. Oye, ¿qué te dijeron mamá y papá?

—Papá dijo que estás muy enfermo y que podrías desaparecer por completo, para siempre jamás.

Suspiro. Me gustaría volver a dormirme, pero los ojos de Clare se llenan de lágrimas.

—Oye, ven aquí.

Se sube a la cama, y la abrazo, apretándola contra mi cuerpo enfermo como si fuese un bulto de vida caliente.

—No te preocupes, Clare, ¿vale? Papá no te lo explicó bien. Estoy muy enfermo, y no es imposible que me muera en algún momento. Entiendes lo que eso significa, ¿verdad?

Ella asiente con la cabeza, se aferra muy fuerte, empieza a llorar, así que le acaricio el pelo y trato de calmarla. ¿Cómo le explicaría esto Carlo a una niña de seis años?

—Escucha, Clare, eso no significa que yo me vaya, ¿sabes? Seguiría estando aquí, a tu lado. Ya no podrías verme, y yo no podría hablarte, pero tú sí podrías hablarme, y yo podría rezar por ti. Así que no sería tan malo, ¿verdad? No me habría ido del todo.

—Supongo que sí —su vocecita suena borrosa contra mi pecho—. Pero no quiero que te vayas.

—Yo tampoco —susurro, con los párpados pesados.

Oigo un crujido que viene de la puerta, como cuando mamá o papá escuchan para ver si estoy en el ordenador cuando debería estar en la cama, pero tengo demasiado sueño para mover la cabeza y mirar...

+

Cuando me despierto de nuevo, Clare se ha ido y la luz que pasa alrededor de las cortinas se va desvaneciendo. Arnie está ahora dormido a mis pies. Bostezo, me estiro, me estremezco, y veo que mamá está sentada en mi sofá.

—¿Mamá? ¿Qué haces? ¿Qué hora es?

Ella mira el reloj.

—Casi las cuatro.

—¿De la tarde? Vaya, ¿he estado durmiendo todo el día?

Ella dice que sí con la cabeza.

—¿Tienes hambre?

—¡Sí! —retiro las mantas y me incorporo.

—Puedo traerte algo a la cama...

—¿Cómo? ¡No, me voy a levantar!

Es que quiero ir a misa de seis.

Pronto estoy duchado, me visto y me siento en la mesa del comedor, mientras todos toman una sustanciosa merienda. Vaya, ¡cómo como! Mamá parece que no me puede quitar los ojos de encima mientras lo hago, y papá también sigue lanzándome miradas. Esto es incluso peor que lo normal.

—¿Qué pasa? —pregunto al fin, interceptando la mirada de mamá.

Ella se sonroja.

—Oh, es que... no has dejado de sonreír desde que llegaste a casa. Estás casi... *radiante*.

Mis mejillas también se acaloran.

—¡Bueno, fue un viaje genial! —me trago el último bocado y empiezo a contárselo todo, al final le doy a Clare el pequeño brazalete-rosario de Santa Clara que le compré en la tienda de regalos de San Damián.

—¿De verdad que ahuyentó a todo un ejército?

—Seguro. Y se levantó de la cama para hacerlo, porque estaba muy enferma.

—¡Vaya! —Clare abraza el rosario con los ojos brillantes, luego me abraza a mí también y sale corriendo de la habitación, probablemente para probárselo delante de su pequeño tocador.

Miro a papá, que ha fruncido el ceño durante la mayor parte de mi narración.

—Papá, ¿no te alegras de que me lo haya pasado bien?

Frunce el ceño con más fuerza.

—Por supuesto. Pero Dios dejó que tuvieras cáncer; ¿cómo puedes creer que todavía se *preocupa* por ti?

Respiro profundamente, buscando a tientas las palabras. Porque cuanto más lo pienso, estoy más convencido de que el Padre Thomas tiene razón.

—Papá, Dios me creó. Si él quiere... puede cortarme y pegarme en un espacio de trabajo diferente, bueno, eso depende de él, ¿verdad? No quiero que lo haga todavía, no me malinterpretes, pero si lo hace, bueno, ¿por qué no va a hacerlo? Así que... *por favor*, no te enfades con él, ¿vale? No quiero que te enfades.

Papá empieza a recoger los platos sucios en silencio, y veo el reloj de la cocina. Las seis menos diez. Trato de ponerme de pie y solo consigo una especie de empujón geriátrico hacia la posición vertical.

—Oh no, ¿cómo voy a llegar a tiempo a misa? —Honradamente, no estoy seguro de que pueda ir andando, tal como me siento.

—Oh, Daniel, no tienes que ir hoy —dice mamá—. ¡Estás tan cansado!

—¡Quiero ir, mamá! ¿No puedes llevarme tú?

Los ojos de mamá me escudriñan la cara.

—Bueno... si tú vas a ir, a mí también me gustaría —ahora evita mi mirada—. Yo... no pude ir esta mañana.

¡Parecías tan cansado!

De pronto papá saca las llaves del coche de su bolsillo.

—Mirad, os dejo a todos allá, ¿está bien?

¡Sí! Con un impulso, doy un paso adelante y le abrazo.

—Gracias, papá.

+

Trato de no estallar de impaciencia cuando papá se para en otro semáforo en rojo. Cuando mamá acabó de ponerle a Clare los zapatos, ya salíamos tarde, incluso para ir en coche.

Miro fijamente el perfil de papá, mientras nos acercamos a la iglesia. Los padres de Carlo volvieron a la fe, ¿no? Vaya, ¿por qué no?

—Papá, ¿no te gustaría entrar con nosotros?

En el asiento delantero, mamá contiene el aliento, mientras echa una mirada a papá. Tiene miedo de que se ponga a dar gritos. Clare levanta su mantita de coche y se asoma por encima. Parece que tantas peleas también le hacen daño.

Papá no dice nada. Las luces se ponen en verde. El coche va ya por la calle siguiente cuando finalmente gruñe:

—Aunque quisiera, que no quiero, no habrá

ninguna plaza de aparcamiento libre.

Mi corazón vacila. Tiene razón. Pero no ha gritado. Mamá se relaja de nuevo.

Carlo, por favor pide que haya un sitio. Señor, haz que haya uno.

Pero estamos parando fuera de la iglesia y no hay nada más que coches aparcados, ni un espacio vacío a la vista. Uno de los misterios de la vida es cómo se las arreglaba la gente antes del virus. Tratando de no suspirar audiblemente, abro la puerta y salgo como puedo. ¡Hoy estoy tan rígido y dolorido! Pero trato de no decir nada sobre lo mal que me encuentro. Ofrécelo, como lo hizo Carlo. Cuando empezó a ponerse enfermo, ofreció inmediatamente todos sus sufrimientos por el Papa, por la Iglesia, y por su propia entrada al cielo.

Cuando estoy a punto de cerrar la puerta del coche, veo unas luces de marcha atrás que se encienden un poco más adelante. Me inclino otra vez hacia el interior del coche.

—¡Mira, papá! Un sitio.

—Sí. Bueno, entrad, vais a llegar tarde.

Mientras mi corazón vacila de nuevo, sigo a mamá y me pongo la mascarilla. Su expresión dice que no cree que papá vaya a aparcar. Probablemente tenga razón. Bueno, valía la pena intentarlo. Y no ha gritado.

Es agradable estar sentado, incluso en un banco duro. Cierro los ojos y trato de recordar aquella sensación de paz, trato de prepararme para la misa. Hasta que alguien se sienta a mi lado. Mis ojos se abren... *¿Es que no han oído hablar de la distancia social...?*

¡Es papá!

Está sentado con la cabeza metida entre los hombros como una tortuga gruñona, ¡pero está sentado ahí! Le doy un saludo de bienvenida... Contesta con un gruñido.

El Padre Thomas parece cansado cuando sube al santuario. Habrá estado diciendo misas todo el día, mientras yo estaba en la cama. Ahora tiene que hacer muchos extras, debido al virus. Me da vergüenza porque otra vez me entra sueño durante la primera lectura, pero a medida que capto las primeras palabras, me despierto.

—Preparará el Señor del universo para todos los pueblos, en este monte, un festín de manjares suculentos...

Oye, ¿está hablando del cielo? Escucho mientras el lector continúa:

—Y arrancará en este monte el velo que cubre a todos los pueblos, el lienzo extendido sobre todas las naciones. Aniquilará a la muerte para siempre.

Miro a papá. Está rígido, y le corre una lágrima por la mejilla. Se me retuerce el estómago, y miro rápidamente hacia otro lado. El lector sigue:

—El Señor enjugará las lágrimas de todos los

rostros.

A mi lado, mamá saca un pañuelo de papel y se seca los ojos. Por primera vez, como un aliento helado que cruza por mi mente, me pregunto: ¿Le habrá dicho el doctor algo más a papá, mientras mamá me abrazaba y lloraba por mí? ¿Algo así como, "prepárate para lo peor"? ¿Es por eso por lo que están tan...? No puedo creer que le haya dicho a Clare lo que le dijo, cuando hasta mañana no nos dan el pronóstico.

Vaya, me he desconectado del resto de la lectura. Estamos en el salmo.

—El Señor es mi pastor, nada me falta...

Oh, vaya. ¿Ese salmo, hoy? Ahora es mamá la que está sollozando. Pero quizá el doctor no dijo nada más. Tal vez solo están asustados. Son mis padres; sienten que deberían poder protegerme de todo, ¿verdad? Pero de esto no pueden protegerme.

—Aunque camine por cañadas oscuras, nada temo, porque tú vas conmigo: tu vara y tu cayado me sosiegan.

Busco a tientas la mano de mamá y la aprieto con fuerza.

—Habitaré en la casa del Señor por años sin término.

Me aventuro a extender la mano hacia papá para darle también un rápido apretón. No reacciona, mira fijamente hacia adelante, así que trato de escuchar la segunda lectura.

— Sé vivir en pobreza y abundancia —comienza el lector. Eso me recuerda a Carlo, que vivía con tanta sencillez, que discutió con sus padres cuando quisieron comprarle un segundo par de zapatos. También ahorraba su dinero para comprar sacos de dormir para personas sin techo. Pero era feliz gastando dinero para promover su exhibición de Milagros Eucarísticos. ¿Qué fue lo que dijo? Ah, sí: "El dinero solo es un papel andrajoso. Lo que cuenta en la vida es la nobleza del alma, es decir, la forma en que uno ama a Dios y al prójimo".

Papel andrajoso. Muy bien. Todo el dinero del mundo no me salvaría, ¿verdad?

—Todo lo puedo —dice el lector— en aquel que me conforta.

Sí. Eso no lo creía antes, pero Carlo es la prueba. Tal vez yo también estoy empezando a ser la prueba. Eh... Un pensamiento extraño. ¿Estoy llegando a "dominar" esto? Bueno, lo estoy intentando.

+

Cuando termina la misa me quedo sentado en el banco, mientras mamá lleva a Clare a encender las velas y papá deambula por la iglesia. Sorpresa, sorpresa, me siento hecho polvo, pero trato de rezar unos momentos en silencio y luego saco mi teléfono. Aún no he hecho la novena.

Para mi alivio, las palabras de Carlo para hoy ya me resultan familiares: "La Eucaristía es mi autopista al Cielo". No necesito esforzar mi cerebro para entenderlas. La meditación es esta: *Dame la gracia de un profundo fervor por la Eucaristía.*

Eh, espera, me estoy volviendo atolondrado. No había hecho la oración inicial. La recito mentalmente con cuidado, pero cuando llego a hacer la petición, dudo.

—Por mamá y papa —susurro, como lo he estado haciendo estos días, aunque cuando miro por encima del hombro, papá está cerca de la puerta, muy serio, pero inusualmente amable, conversando con (le cito) "ese sacerdote insignificante y sabelotodo", el padre Thomas. Así que parece que eso va bien.

Gracias, Carlo; gracias, Señor.

Añado la segunda petición,

—Déjame vivir —pero entonces me quedo sentado largo rato, lleno de insatisfacción, sintiendo sobre mí los ojos de Carlo, consciente de la presencia de Jesús en el tabernáculo, luchando conmigo mismo. Finalmente, murmuro:

—Déjame vivir... para siempre contigo.

Me atraviesa inmediatamente una ola de miedo que me aprieta el estómago, como si acabara de darle a Dios permiso para matarme, o algo así. Respiro despacio, tratando de calmarme. Dios va a hacer lo que siempre quiso hacer. Lo que sea mejor para mi yo mortal y espeso, que ve a través de un túnel. Lo único que puedo cambiar es mi actitud, ¿no?

De todos modos, añado en voz baja,

—Si es posible, todavía no, Señor. Pero... pero... bueno, supongo que es cosa tuya.

LUNES:

DÍA 9 – DÍA DEL PRONÓSTICO

12 de octubre de 2020

Buzz.

¿Eh? Medio dormido, desenredo el brazo de la colcha y agarro el teléfono. El texto es de Razim.

Te recojo en 10

El padre de Razim tiene turnos erráticos, pero a veces nos lleva a Razim y a mí al colegio de camino al trabajo. ¿Por qué mamá no me habrá despertado?

La mano que sostiene el teléfono está moteada de moretones en tonos azules y negros. Ah, sí. Es el día del pronóstico. Escribo: *Lo siento, Raz, hoy no iré a la escuela.*

Buzz.

¿Por qué no?

Lo dudo. Finalmente, escribo: *Cita en el hospital.*

No me responde en el tiempo que me lleva cubrirme con las sábanas, dejar que mi cabeza se hunda en la almohada y cerrar los ojos...

+

—¿Daniel? —es la voz de mamá. Suena insegura. Me fuerzo a abrir los ojos—. Daniel, Razim ha venido a verte.

Razim pasa por delante de mamá antes de que ella pueda detenerlo. Viene claramente en una misión auto-asignada para averiguar qué pasa conmigo. La mirada de mamá se mueve ansiosa desde Razim al bulto en la cama que soy yo.

—Está bien, mama —consigo decirle. Ella vuelve a salir, así que me incorporo a empujones hasta la posición sentada. Cuando el edredón se desliza hacia abajo me doy cuenta de que no llevo camisa del pijama. Me cansé tanto anoche cuando me acostaba, que me dejé caer en la cama sin ella. Mi pecho está a la vista, magullado por cada asiento sobre el que me he dormido y cada cinturón que me he colocado durante los últimos días.

A Razim se le abre la boca.

—Oye, viejo, ¿Es que Marle te ha pegado?

—No. Mira... siento no habértelo dicho enseguida, pero... bueno, tengo leucemia.

Se deja caer al extremo de la cama, junto a Arnie, mirándome fijamente.

—Eso es... eso es grave, ¿verdad?

—Sí, es... algo grave.

Su mirada pasa nerviosa desde mi cara hasta mis moretones y vuelve otra vez.

—¿Vas a... eh...?

—¿Morir? —Me sorprendo a mí mismo por la calma con que digo la palabra—. No lo sé todavía. Esta mañana nos dan el pronóstico.

Se abraza rodeando con los brazos su pecho y me mira a la cara.

—Entonces... ¿por qué pareces tan feliz, viejo?

Me encojo de hombros; me paso los dedos por el pelo, que es algo que dentro de poco no podré hacer.

—Ha sido una semana muy dura. ¡Nunca adivinarás dónde estuve el sábado!

Sus ojos parpadean.

—¿En el Hospital?

—¡En Italia!

—¿En Italia? ¡Pensé que estabas enfermo, viejo!

—¡Y lo estoy! Pero por eso tuve que ir. ¿Lo creerías?

¿Puedo hablar con Raz sobre cosas de la fe? Por un momento, lo dudo. Su familia no es religiosa, solo es musulmana culturalmente. Luego recuerdo que, cuando Carlo se confirmó a los once años, inmediatamente se convirtió en catequista. Que cada día charlaba con todo tipo de gente de camino a la escuela, y se hizo amigo de un montón de inmigrantes, hindúes, musulmanes, budistas, todos. ¡Incluso fue el padrino cuando uno de ellos se bautizó! Cuando murió, todos fueron a presentar sus respetos y dieron una sorpresa a sus padres, que no sabían nada de ellos.

Cojo la estampa que me dio el Padre Thomas, que me parece que fue hace cien años, de donde la puso mamá sobre la mesilla de noche cuando se llevó mi ropa a lavar.

—¡Mira! Este chico se llama Carlo. Es la razón por la que tuve que ir a Asís...

Vacilo al principio, pero voy cobrando confianza y empiezo a contarle lo de Carlo y el viaje de la beatificación. Una vez que empiezo a hablar, no puedo parar. Raz está sentado con los ojos muy abiertos, con los hombros tensos, como si no pudiera decidirse a retroceder o a acercarse.

—¿Has oído la cita de Steve Jobs? A Carlo le encantó y la puso en práctica. Déjame recordar... —me restriego la cara y me vienen las palabras... las he leído a menudo esta semana—. Tu tiempo es limitado, así que no lo desperdicies viviendo la vida de otro... No me interesa ser el hombre más rico del cementerio... irse a dormir por la noche sabiendo que hemos hecho algo maravilloso... eso es lo que me interesa.

Solo dejo de hablar cuando mamá abre la puerta para informarnos de que el padre de Razim ha estado tocando la bocina en la calle desde hace veinte minutos. ¿No nos damos cuenta de que Razim va a llegar terriblemente tarde a la escuela?

—Oye, buena suerte hoy, Viejo —Raz extiende la mano para darme una palmada en la espalda, pero la convierte en un golpecito muy suave con el puño.

—Gracias.

Sale, lanzándome una última mirada preocupada y con los ojos muy abiertos. ¿Le va a contar a todo el mundo que me he convertido en una especie de fanático de Jesús? Me sorprende ver lo poco que me importa. De todos modos probablemente no voy a estar mucho por la escuela durante el tiempo venidero.

Además, ya no quiero ser una fotocopia.

+

Cuando mamá me despierta para que me prepare para la cita, me doy cuenta de que aún no he hecho la novena. Agarro el teléfono rápidamente.

Oh, vaya. Esta tenía que ser la cita de hoy. "Soy feliz de morir porque he vivido la vida sin perder un minuto en las cosas que no agradan a Dios". Y la meditación: *Dame la gracia de las gracias, la perseverancia hasta el final y una muerte santa.*

A pesar de mi euforia que todavía me dura desde el sábado, y de lo que pasó con papá anoche, me estoy asustando de nuevo al leer eso, precisamente esta mañana.

Entonces recuerdo lo que dijo el Padre Thomas. Todos morimos. Así que supongo que esta oración es importante para todo el mundo. Entonces también es importante para mí, cualquiera que sea el pronóstico.

Rezo las oraciones de la novena, y luego me doy cuenta de que otra vez se me ha olvidado la oración inicial. Quiero hacer la misma petición revisada que hice anoche, pero se me pega en la garganta, que siento tensa por el miedo.

Mantengo los ojos cerrados y respiro lenta y profundamente, tratando de recuperar la paz que sentí en Asís. No dejo de estar tenso y con los nervios de punta, pero finalmente escucho algunas palabras de Carlo, como si las susurrara en mi mente: "Nuestro objetivo tiene que ser el infinito, no lo finito. El Infinito es nuestra patria. Desde siempre nos están esperando en el Cielo".

Murió tan pacíficamente, tan contento. Tan *generosamente*. Porque tenía las prioridades correctas. Porque sabía dónde estaba su verdadero hogar. Y es obvio que está allí. Antes de la beatificación hubo al menos un milagro confirmado e investigado por los médicos. Y otras cosas de todo tipo. Prometió a sus padres *señales* -señales, no una señal- para que supieran que estaba con Dios, y su madre dio a luz a gemelos exactamente cuatro años después de su muerte, en la misma fecha, cuando ella tenía cuarenta y cuatro años, o sea, era un poco mayor para tener bebés, según parece. Ellos estaban seguros de que esas fueron las señales prometidas.

Y estaba ese sacerdote joven de Costa Rica que soñó tres veces con un adolescente sonriente que quería conocer a todos los amigos del sacerdote para ayudarles a amar más a Dios. Más tarde en ese mismo mes, el sacerdote vio por primera vez una foto de Carlo y lo reconoció de inmediato, ¡era el chico de su sueño! Y lo que Carlo ha hecho por mí esta semana, con sus oraciones y su estímulo... Y por mamá y papá... Sí, él ha llegado al que será nuestro verdadero hogar, estoy de acuerdo.

A mí también me esperan allí. Tal vez me reúna pronto con él. O tal vez no. Quizá tarde mucho tiempo. Pero si realmente quiero estar allí algún día, tengo que concentrarme en eso, diga lo que diga hoy el doctor. No quiero dejar que el miedo ahogue esta nueva vida que está floreciendo dentro de mí. Me niego a tener miedo de algo tan maravilloso como... *estar con Dios.*

Con los ojos todavía cerrados, susurro mi petición.

—Por mamá y papá. Y déjame vivir para siempre contigo. Cuando tú estés listo. Amén.

+

—¿Daniel? —una enfermera entra en la sala de espera—. El médico de la consulta te verá ahora. Pasa sin llamar.

Mamá se pone en pie y yo también me levanto. Papá ya está de pie, paseando por la habitación. Salimos al pasillo y nos detenemos ante la puerta de enfrente. Papá extiende la mano y agarra con fuerza la mano de mamá. Ella aspira un aliento que parece un sollozo a medias.

Me vuelvo y la abrazo tan fuerte como me atrevo, o tal vez un poco más. ¿Qué importan unos pocos moretones más, en este momento?

—Tranquila, mamá. Todo va a salir bien. Lo entiendes, ¿verdad? Pase lo que pase, todo saldrá bien.

Sus ojos me sonríen por encima de la mascarilla, cuando la suelto, con una sonrisa llorosa.

—Ah, Daniel, mírate. Ahora eres todo un hombre. No me lo puedo creer, todo lo que has crecido esta última semana.

Me encojo de hombros, avergonzado.

—Pero siempre seré tu niño pequeño, ¿verdad?

Ella me abraza de nuevo, fuerte. Cuando finalmente me suelta, miro a papá.

—¿Entramos?

Él dice que sí con la cabeza, pero nadie se mueve. Miro la puerta y me imagino a Carlo de pie a mi lado. Sí, no importa lo que me digan ahí dentro. Tengo un amigo que me está ayudando a ordenar mis prioridades. Y todo va a salir bien. Pase lo que pase.

Respiro profundamente, cuadro los hombros, abro la puerta y doy el paso siguiente de mi viaje a casa.

ORACIÓN OFICIAL PARA SOLICITAR LA CANONIZACIÓN DEL BEATO CARLO ACUTIS

Oh Padre,
que nos has dado el testimonio ardiente,
del joven Venerable Carlo Acutis,
que convirtió la Eucaristía en el centro de su vida
y la fuerza de su dedicación cotidiana
para que los demás también Te amaran
sobre todas las cosas, haz que pueda formar parte de
los Beatos y los Santos de tu Iglesia.

Confirma mi fe,
alimenta mi esperanza,
fortalece mi caridad,
a imagen del joven Carlo,
que, creciendo en estas virtudes,
ahora vive a Ti.
Concédeme la gracia que tanto necesito...

Confío en Ti, Padre,
y en tu amadísimo Hijo Jesús,
en la Virgen María, nuestra dulcísima Madre,
y en la intercesión de Tu Venerable Carlo Acutis.

Pater, Ave, Gloria

Imprimatur in Curia Archiepiscopali Mediolanensi
6.X.2014 +Angelo Mascheroni

NOVENA AL BEATO CARLO ACUTIS

Oración inicial Meditación del primer día:

Santísima Trinidad, Padre, Hijo y Espíritu Santo, os agradezco todos los favores y las gracias con que habéis enriquecido el alma del Venerable Carlo Acutis durante los quince años que transcurrió en esta tierra y, por los méritos de este amado Ángel de la Juventud, concededme la gracia que fervientemente os ruego... *(aquí se formula la gracia que se desea obtener)*.

Meditación del primer día:

"Yo no pero Dios"

Venerable Carlo Acutis, que has hecho de tu vida una continua renuncia y desolación, concédeme la gracia de buscar las cosas del Cielo y despreciar aquellas que pasan. Que así sea.

Se recitan 5 "Padre Nuestro", 5 "Ave María" y 5 "Gloria al Padre" como agradecimiento a Dios por los dones concedidos a Carlo en sus 15 años de vida terrenal.

Meditación del segundo día:

"Estar siempre unido a Jesús, ese es mi proyecto de vida"

Venerable Carlo Acutis, que has vivido en el Corazón de Jesús, concédeme la gracia de cumplir, en su totalidad, este diseño de amor. Que así sea.

Se recitan 5 "Padre Nuestro", 5 "Ave María" y 5 "Gloria al Padre" como agradecimiento a Dios por los dones concedidos a Carlo en sus 15 años de vida terrenal.

Meditación del tercer día:

"Pide continuamente ayuda a tu Ángel de la Guarda que debe convertirse en tu mejor amigo"

Venerable Carlo Acutis, que has buscado, ya en este mundo, la compañía de los Santos Ángeles, concédeme la gracia de vivir con rectitud como así desea mi Ángel de la Guarda. Que así sea.

Se recitan 5 "Padre Nuestro", 5 "Ave María" y 5 "Gloria al Padre" como agradecimiento a Dios por los dones concedidos a Carlo en sus 15 años de vida terrenal.

Meditación del cuarto día:

"Nuestra alma es como un globo aerostático... Si existiese un pecado mortal, el alma caería a la tierra y la confesión sería como el fuego... Es necesario confesarse a menudo"

Venerable Carlo Acutis, que has vivido de forma

ejemplar este sacramento de reconciliación, concédeme la gracia de buscar periódicamente la confesión con una profunda constricción. Que así sea.

Se recitan 5 "Padre Nuestro", 5 "Ave María" y 5 "Gloria al Padre" como agradecimiento a Dios por los dones concedidos a Carlo en sus 15 años de vida terrenal.

Meditación del quinto día:

"La tristeza es dirigir la mirada hacia uno mismo. La felicidad es dirigir la mirada a Dios"

Venerable Carlo Acutis, que nunca has apartado la mirada de Jesús, tu gran amor, concédeme la gracia de vivir ya en este mundo esta verdadera felicidad. Que así sea.

Se recitan 5 "Padre Nuestro", 5 "Ave María" y 5 "Gloria al Padre" como agradecimiento a Dios por los dones concedidos a Carlo en sus 15 años de vida terrenal.

Meditación del sexto día:

"Lo único por lo que debemos rogar a Dios en nuestras oraciones es por tener ganas de ser santos"

Venerable Carlo Acutis, que siempre has sido capaz de pedir a Dios lo que es esencial, concédeme la

gracia de un profundo deseo para el Cielo. Que así
sea.

*Se recitan 5 "Padre Nuestro", 5 "Ave María" y 5 "Gloria
al Padre" como agradecimiento a Dios por los dones
concedidos a Carlo en sus 15 años de vida terrenal.*

Meditación del séptimo día:

"La Virgen María es la única Mujer de mi vida"

Venerable Carlo Acutis, que has amado a la Virgen
María más que a nada, concédeme la gracia de
responder al amor de esta Madre cariñosa y
bondadosa. Que así sea.

*Se recitan 5 "Padre Nuestro", 5 "Ave María" y 5 "Gloria
al Padre" como agradecimiento a Dios por los dones
concedidos a Carlo en sus 15 años de vida terrenal.*

Meditación del octavo día:

"La Eucaristía es mi autopista hacia el Cielo"

Venerable Carlo Acutis, que siempre buscabas a tu
Jesús escondido en el tabernáculo, concédeme la
gracia de un profundo fervor eucarístico. Que así sea.

*Se recitan 5 "Padre Nuestro", 5 "Ave María" y 5 "Gloria
al Padre" como agradecimiento a Dios por los dones*

concedidos a Carlo en sus 15 años de vida terrenal.

Meditación del noveno día:

"Estoy contento de morir porque he vivido mi vida sin malgastar ni un solo minuto de ella en cosas que no le gustan a Dios"

Venerable Carlo Acutis, concédeme la gracia de las gracias, es decir, la perseverancia fi nal y una muerte santa. Que así sea.

Se recitan 5 "Padre Nuestro", 5 "Ave María" y 5 "Gloria al Padre" como agradecimiento a Dios por los dones concedidos a Carlo en sus 15 años de vida terrenal.

Oración final

Dios Padre de Misericordia, eleva a la gloria de los altares a este tu Venerable Carlo Acutis, para que para él Tú estés más lleno de gloria. Concédenos el honor de invocarlo Beato, él que ha vivido Tu voluntad en todas las cosas, y por sus méritos concédeme la gracia que fervientemente deseo. Amén.

Imprimatur + Dom Janusz Marian Danecki, OFMConv.
Bispo auxiliar da Arquidiocese Campo Grande (Brasil) - Protocolo 522/2016,
Livro VI Campo Grande, 30 de setembro de 2016

MÁS INFORMACIÓN

Hay varios sitios web dedicados a Carlo Acutis, con videos y otra información, así como varios libros en español. Y, por supuesto, los sitios web de Carlo sobre Milagros Eucarísticos y otras cosas.

Libros:

Carlo Acutis, Siervo de Dios: La vida más allá del confin
por Francesco Occetta

Carlo Acutis: Un Genio de la Informatica en el Cielo
por Nicola Gori

Sitio web oficial
(Vídeos, información, y otros libros):
www.carloacutis.com/es/association/

Enlaces fáciles a las exposiciones de Carlo:
http://www.carloacutis.com/

PREGUNTAS PARA EL DEBATE

1. *Daniel y Carlo recibieron diagnósticos médicos muy similares, pero sus reacciones fueron muy diferentes.*
- ¿Con qué reacción te identificas más?
- ¿Es así como crees que reaccionarías tú?
- ¿Por qué?
- ¿Preferirías reaccionar de otra manera?

2. *La madre de Daniel se vuelve hacia Dios ante el desafío, pero su padre rechaza a Dios.*
- ¿Por qué crees que reaccionan de maneras tan diferentes?
- ¿Con qué reacción te identificas más?
- ¿Por qué?

3. *A Carlo le encantaba jugar a los videojuegos, pero limitaba estrictamente el tiempo de juego para tener tiempo para otras cosas, como trabajar en el refugio de indigentes, rezar, y trabajar en su proyecto de los Milagros Eucarísticos.*
- ¿Alguna vez te has esforzado por encontrar tiempo para la oración, el trabajo caritativo u otras actividades de la fe?
- ¿Hay algo en tu vida que, aunque sea inofensivo o incluso beneficioso cuando se usa adecuadamente, te está quitando demasiado tiempo?

- ¿Sería fácil reducir esta actividad?

- Si no, ¿por qué no? (Las adicciones nos vienen en muchas formas y siempre nos alejan de Dios)

4. *Carlo hablaba abiertamente de su fe y de la moral católica en la escuela y entre sus amigos. Bajo su influencia y la del Espíritu Santo, Daniel consigue el valor de hacer lo mismo.*

- ¿Hablas abiertamente sobre esas cosas?

- ¿Por qué sí? ¿Por qué no?

- ¿Por qué es importante?

5. *El Padre Thomas usa la metáfora de la vasija de un artista para explicarle a Daniel que él es una cosa creada, creación de Dios.*

- ¿Qué piensas de esta metáfora?

- ¿Funciona para ti?

- ¿Por qué sí? ¿Por qué no?

- ¿Se te ocurre otra mejor?

6. *Daniel aprende algo muy importante durante el curso de esta historia, y por esta razón la historia termina justo antes de que le den el pronóstico, en vez de justo después.*

- ¿Qué es lo que aprende Daniel?

- ¿Por qué le quitaría fuerza saber cuál es su pronóstico?

AMIGOS EN LAS ALTURAS

El camino que Jesús os señala no es cómodo; se asemeja más bien a un sendero escarpado de montaña. No os desalentéis. Cuanto más escarpado sea el sendero, tanto más rápidamente sube hacia horizontes cada vez más amplios.

-Papa San Juan Pablo II

La Iglesia existe para hacer santos. Un santo es simplemente alguien que vive en el cielo. Cuando nos bautizan nos convertimos en parte de la Comunión de los Santos, que es la Iglesia entera: los cristianos que están en la Tierra, en el purgatorio y en el cielo. Sin embargo, estemos donde estemos en este momento, todos tenemos la misma patria. Cuando pasamos a formar parte de la Iglesia, nos convertimos en ciudadanos del cielo. Desde ese momento, nuestra misión es llegar a casa, a la casa de Dios.

El cielo es un reino que está en la cima de una montaña. Está tan alto como se puede llegar, pero tú, amigo mío, naciste en las llanuras. Todos lo nacimos allí. Si queremos llegar al cielo, tenemos que escalar.

Y no te acerques al borde de la llanura: es peligroso. Si te caes, no puedes volver a subir, y lo que hay ahí abajo es demasiado horrible para describirlo. Muy de vez en cuando, alguien a punto de caer por el acantilado aprovecha una especie de corriente ascendente milagrosa y asciende una buena parte de la montaña, a veces incluso hasta la cima, pero sería temerario contar con atrapar una corriente así. Sería horrible esperar a que llegue una, caernos inesperadamente y perderla…

Es mejor escalar.

Antes de salir debes saber que tienes una radio. No es posible enfatizar bastante la importancia de esto. Esta radio puede utilizarse en cualquier momento, en cualquier situación, para llamar a la cima de la montaña. Puedes hablar con el Rey de la Montaña y sus cortesanos en cualquier momento, porque tu radio está literalmente pegada a ti. Es prácticamente un implante. Es absolutamente imposible perderla. No obstante, los peligros de los caminos de la montaña hacen cosas raras a la gente, y es asombroso cómo muchos escaladores se olvidan por completo de usar sus radios, se dan la vuelta y terminan vagando sin rumbo, incluso bajando otra vez. Usa tu radio con frecuencia. Si la respuesta que recibes desde la cima de la montaña es lenta, con poco volumen o confusa, inténtalo de nuevo. No importa en qué parte de la montaña estés, puedes hablar con la cima en cualquier momento.

Por supuesto, incluso dejando la radio a un lado, no

estás solo en este viaje. A veces te puede parecer así, porque hay muchísimos habitantes de la llanura que no tienen interés en escalar la montaña. Después de todo, nadie ha conseguido enviar fotos desde la cima. En lugar de arriesgarse a lo desconocido, parece más seguro pasar la vida lo mejor posible en las llanuras. Solo puedes esperar que tus sueños sobre la cima de la montaña sean contagiosos. Trata de persuadirlos para que se unan a tu grupo de escaladores y vengan contigo. Realmente se lo están perdiendo. Por supuesto, no puedes esperarlos. La luz del día no durará para siempre, y tienes que atravesar las puertas al anochecer. Con suerte, tus amigos de las llanuras te seguirán.

A medida que escalamos, podríamos encontrar compañeros de escalada que al anochecer se quedaron atrapados en la montaña, pero no en la cima. Estas pobres almas pueden estar completamente paralizadas, incapaces de moverse. Sus radios están completamente olvidadas o estropeadas. Es un gran acto de misericordia ponerse en contacto con la cumbre en su nombre para que la gente de la cima sepa que has encontrado un escalador atrapado a mitad de camino, y que quieres traerlo. Pero no te detengas. No te sientes. Sigue moviéndote, aunque tengas que arrastrarte.

Tradicionalmente, aprendemos a escalar la montaña y a usar la radio de nuestros padres. Esto no siempre funciona. Algunos tratan la escalada como si fuera un pasatiempo dominical: un pequeño paseo familiar para subir y volver a bajar. Algunos pierden el gusto por todo esto y nunca enseñan a sus hijos a escalar. Pero si sigues haciéndolo, sean o no sean tus padres escaladores, puedes encontrar gente que lo sea. Un buen sitio para empezar es... bueno, el club de escalada de tu parroquia local.

Pero no importa dónde aprendas a escalar, vas a encontrar peligros únicos en tu camino. Hay tantas cosas que pueden suceder en el camino de subida, y nadie puede explorar todos los caminos ni enfrentarse a todos los peligros. Puede que empieces por un camino largo, sinuoso y fácil, que llegues a una curva y que te encuentres de pronto inesperadamente ante una subida empinada y corta. Cuando esto ocurra, no te asustes. Tanto si te enfrentas a un ascenso casi vertical, como si te pierdes en un bosque nebuloso en un camino que no parece subir, o en un precipicio que te detiene el corazón, tu radio funcionará. Conecta la radio. Pide un guía experimentado, que conozca esa parte de la escalada. En casi todos los caminos de la montaña hay alguien en la cima que ha pasado por los mismos peligros y trampas que tú.

En cuanto conectes la radio, puedes estar seguro de que la ayuda está en camino. Un equipo de rescate te

encontrará. Aunque estés empezando a pensar que toda la subida es inútil y quieras volver a la llanura, sigue pegado a la radio. Tu guía te hablará y te ayudará a subir. Recuerda que ellos están sentados junto al Rey de la Montaña, o pueden contactarle por radio en tu nombre. Estos guías pueden darte información y ayuda increíbles. Así que sigue pegado a tu radio. Porque cuando estás escalando la montaña siempre puedes confiar en tus amigos de las alturas.

¡Las metáforas no son para todos! A algunas personas les encantan relatos como este, pero si piensas que es una forma extraña y confusa de hablar de la fe, aquí tienes una clave sencilla:

- La cima de la montaña es el Cielo

- La Llanura es la Tierra, el orden natural

- Más allá del borde de la llanura es el Infierno

- El Rey de la Montaña es Dios

- Aprovechar una corriente ascendente milagrosa es una conversión en el lecho de muerte, o una conversión milagrosa de otro tipo

- Subir a la montaña es crecer en santidad

- El anochecer es la muerte

- Quedarse atrapado en la montaña al anochecer
  es terminar en el purgatorio y necesitar las
  oraciones y la ayuda de otros para llegar a la
  cima de la montaña (el cielo)

- Tu radio es la oración

- Aprender a escalar es formarse en la fe

- Los guías experimentados o tus amigos en las
  alturas son los Santos

¡Mantente a salvo en la montaña! ¡Sigue subiendo!

Victoria Seed,
Filósofa luchadora y columnista cascarrabias

Fiesta de los Santos Arcángeles, 2020

AGRADECIMIENTOS

Me gustaría agradecer a Theoni Bell, Karina Fabian, Melinda Harrington, Jason C. Miller y Susan Peek, por su excelente ayuda editorial y a Juliana Benavides y Manuel Alfonseca por esta traducción.

Un agradecimiento especial a la "persona aleatoria" Victoria Seed por sus palabras sobre el alpinismo espiritual.

Gracias a mis padres por todo su apoyo, y a mi madre por sus honradas críticas.

Y sin olvidar al Beato Carlo Acutis, patrón de este libro, y por último, al Espíritu Santo, que es el responsable de todo.

ACERCA DE LA AUTORA

Corinna Turner escribe desde los catorce años y le gustan los protagonistas fuertes e íntegros. Aunque tiene un Máster of Arts en Inglés por la Universidad de Oxford, ha sido tan tonta como para dedicarse a trabajar con niños y con animales. Haciendo malabares con discapacitados y como comadrona de ovejas, pasa todo el tiempo que puede en una pequeña cabaña en el fondo del jardín, escribiendo.

Es cristiana católica con raíces en las iglesias metodistas y anglicanas. Entusiasta del cine, vive en el Reino Unido. Solía tener un caracol gigante llamado Peter con una concha de 16 cm de largo, ¡pero ahora se conforma con un cactus y una casa rodante!

Inscríbete para **historias cortas y novedades gratuitas** en:
www.UnSeenBooks.com

Ponte en contacto con Corinna:
Facebook: Corinna Turner - Twitter: @CorinnaTAuthor